Angie Pfeiffer

Ein Dackel namens Murphy

Dieses Buch ist Jeany, Lisa und Lilly gewidmet, denn sie waren die besten Freunde, die ein Mensch sich überhaupt vorstellen kann.

Ein Dackel namens Murphy

Eine Geschichte für Dackelfans, Hundefreunde, Katzenliebhaber und tierliebe Menschen

erzählt von

Angie Pfeiffer

Deutsche Erstausgabe 2015
© by Angie Pfeiffer
Covergestaltung phoch3
Copyright-Hinweis:
Dieser Text ist urheberrechtlich geschützt.
Nachdruck und Vervielfältigungen, auch aus-
zugsweise,
bedürfen der schriftlichen Zustimmung der
Autorin
Herstellung und Verlag:
BoD-Books on Demand,
Norderstedt
Printed in Germany
ISBN: 9783738651201

Wie alles anfing

Alles fing damit an, dass meine Söhne unbedingt ein Pferd haben wollten. „Aber das geht doch gar nicht", versuchte ich es zunächst mit Humor. „Wir wohnen im ersten Stock. Wie wollen wir das Pferd durch das Treppenhaus bekommen?"

Tobias, damals im Kindergartenalter schaute mich ernst an. „Du bist aber dumm, Mama. Das Pferd kann gar nicht die Treppe rauf gehen. Überhaupt macht macht es nachher im Treppenhaus A-A, dann kriegen wir mächtig Ärger mit den Nachbarn."

„Eben", fügte sein Bruder Sebastian hinzu, er besuchte schon die zweite Grundschulklasse. „Wir bauen einfach einen Pferdestall auf dem Rasen, gleich neben dem Spielplatz. Dann können wir unser Pferd sogar vom Kinderzimmerfenster aus sehen."

Die beiden hatten sich offensichtlich schon Gedanken über die Unterbringung gemacht. Ich schloss sie tröstend in die Arme. „Wenn wir das machen, dann bekommen wir erst recht Ärger, denn das Grundstück gehört uns doch gar nicht. Ich kann gut verstehen, dass ihr gern ein Pferd hättet, aber das geht einfach nicht. Übrigens seid ihr noch viel zu klein für ein so großes Tier."

Ich muss zugeben, dass auch ich mich zu klein für ein großes Pferd fühlte. So schön diese Tiere sind, sehe ich sie am liebsten aus der Distanz.

Meine beiden hatten mir aufmerksam zugehört. „Aber wenn wir größer sind, dann geht das vielleicht?", fragte Tobias.

„Vielleicht haben wir dann auch ein Grundstück, das uns gehört", fügte sein Bruder hinzu.

Zufrieden damit, dass diese Klippe so leicht zu umschiffen war, gab ich ein folgenschweres Versprechen:

„Die Sache mit dem Pferd muss ich mir noch überlegen, aber wenn wir irgendwann mal ein Grundstück haben, das uns gehört, dann schaffen wir uns auf jeden Fall einen Hund an. Darauf könnt ihr euch verlassen."

„Ehrenwort?"

„Ja, ganz großes Ehrenwort! Wisst ihr was, wenn ihr unbedingt ein Tier haben wollt, dann schauen wir uns einmal in der Tierhandlung um die Ecke um, vielleicht finden wir dort ein kleineres Tier, das ihr gut findet. Allerdings gehört es dann zu euren Pflichten, sich darum zu kümmern, das müsst ihr mir versprechen."

„Versprochen, ganz großes Ehrenwort!", erklang es zweistimmig.

***

Ein paar Tage später standen wir in besagter Tierhandlung. Meine Söhne hatten lange beratschlagt, was es denn nun für ein Tier sein würde, das sie anstelle eines Pferdes bekommen sollten.

Sebastian, der Ältere, sprach sich dafür aus, einen mittelgroßen Fisch zu kaufen, was sein Bruder mit dem Argument ablehnte, dass er mit einem solchen Tier nicht kuscheln könne. Er wollte lieber einen Hamster haben. Das wiederum wollte Sebastian nicht, denn sein Freund hatte schon etliche Hamster beerdigt.

„Die sind nicht so haltbar, Tobias", klärte er seinen Bruder auf. „Andauernd sterben sie weg. Willst du immerzu Löcher für tote Hamster buddeln?"

So kam meine Jocki Geschichte gerade recht. Mir war eingefallen, dass wir, als ich ein Kind war, einen Wellensittich hatten, der sagenhaft zahm gewesen war. Jocki kletterte in die Brusttasche des Oberhemdes meines Bruders und war einfach ein putziges Kerlchen. Das erzählte ich meinen Söhnen. Sie waren Feuer und Flamme.

„Aber es braucht sehr viel Geduld und Liebe, um ein Tier so zahm zu bekommen", erklärte ich noch einmal ausdrücklich, als wir vor der großen Voliere standen, in der es vor Sittichen nur so wimmelte.

Tobias schaute mich treuherzig an. „Ich werde ihn schon zahm machen, Mama", erklärte er energisch.

„Ja, ich auch", fügte sein Bruder hinzu. „Darf der Vogel bei uns im Kinderzimmer wohnen? Bitte Mama, wir werden ihn auch ganz bestimmt sehr lieb haben."

So erstanden wir einen kleinen, grünen Wellensittich, der den Namen Kiki bekam.

Weil die beiden so sehr bettelten, stellten wir den Käfig auf den Schrank des Kinderzimmers, obwohl Alan, mein Mann arge Bedenken äußerte. Doch ich ließ mich von der Begeisterung der Jungen anstecken und erklärte, dass wir die Kinder auf diese Art schon frühzeitig mit der Verantwortung für ein Tier vertraut machen könnten.

„Was sollen sie auch schon anstellen? Ich passe auf, dass das Fenster geschlossen ist, wenn wir den Vogel fliegen lassen, dann kann nichts passieren."

„Wenn das mal gut geht", war Alans skeptischer Kommentar.

***

Fortan lebte Kiki also im Kinderzimmer. Ich fütterte und tränkte ihn, säuberte seinen Käfig und gab ihm ab und zu ein paar Streicheleinheiten. Ansonsten kümmerte ich mich wenig um den Wellensittich. Die Jungen waren nach wie vor begeistert, der Vogel eher nicht. Er zeigte bald Anzeichen einer Persönlichkeitsspaltung. Manchmal war er wirklich handzahm und ich konnte ihn vorsichtig streicheln, dann wieder hackte er bei der kleinsten Annäherung um sich.

„Wahrscheinlich ist der merkwürdige Flattermann überzüchtet, das kommt häufig vor", stelle Alan mit männlicher Logik fest.

Als ich jedoch einmal überraschend das Kinderzimmer betrat, weil mir der Geräuschpegel ziemlich hoch vorkam, verstand ich das seltsame Verhalten des Wellensittichs:

Tobias trug seine Martinslaterne laut singend vor sich her. Aus ihrem Inneren drangen seltsame Kratzgeräusche und Krächzlaute. Insgesamt schien die Laterne ungewöhnlich schwer zu sein, denn sie pendelt unkontrolliert hin und her. Sebastian saß auf dem oberen Etagenbett und krümmte sich vor Lachen. Bei meinem Eintreten verstummte er abrupt, während sein Bruder versuchte, die Laterne hinter seinem Rücken zu verstecken. Dieses Unterfangen misslang ihm gründlich, zum einen war er viel zu klein dazu, zum anderen schien das Teil ein Eigenleben zu führen. Es fiel auf den Boden, wo es weiter hin und her rollte.

„Was macht ihr hier für einen Unsinn?",

entfuhr es mir, „Sankt Martin ist doch schon lange vorbei. Übrigens singt dein Bruder nicht so falsch, dass du dich über ihn kaputt lachen musst", wandte ich mich an meinen Ältesten.

„Tu ich ja gar nicht", brummelte der. „Tobias macht andauernd so lustige Sachen, darüber musste ich lachen."

„Ich übe für das nächste Mal Sankt Martin", fügt Tobias eifrig hinzu.

Ich hörte nur mit halbem Ohr zu, denn zu meinem Entsetzen kletterte der Wellensittig aus der Laternenöffnung, schüttelte sich und hopste leicht schwankend vorwärts. Offensichtlich war er seekrank.

„Ups", murmelte Tobias. Selbst ihm fiel bei diesem Tatbestand keine Ausrede mehr ein.

Wie es sich herausstelle, hatte das Kind den Vogel mit viel Geduld, und zum Gaudium seines Bruders in die Laterne gelockt. Alles Weitere hatte ich gesehen.

„Wenigstens hat der die Laterne nicht auch noch angesteckt", das war mein erster Gedanke. Ich redete den beiden Übeltätern eindringlich ins Gewissen.

Als ich damit drohte, den Vogelkäfig für immer aus dem Kinderzimmer zu entfernen, schluchzte Tobias auf. „Ehrlich, Mama, das mache ich ganz bestimmt nie wieder. Versprochen!"

***

Leider verpuffte die Wirkung meiner Strafpredigt relativ schnell, denn ein paar Wochen später erwischte ich Tobias wieder. Dieses Mal hatte er den Vogel am Schwanz gepackt und schwenkte ihn hin und her, während der verzweifelte Kiki versuchte, seinem Peiniger in die Hand zu kneifen. Ich muss zu meiner Schande gestehen, dass ich meinem Sohn eine Ohrfeige verpasste.

Also kamen Vogel und Käfig in die Küche. Kiki führte zwar von nun an ein stressfreies Leben, doch hatte er durch seinen Aufenthalt im Kinderzimmer irreparable psychische Schäden davongetragen. Er verließ seinen Käfig kaum noch und reagierte auf die Anwesenheit meines jüngsten Sohnes mit lautem Gezeter.

Leider hatte der bedauernswerte Wellensittich weiterhin Pech mit seinen Mitbewohnern: Bei einem seiner wenigen Ausflüge aus dem Käfig kam er unserem Dackel zu nahe. Man ahnt nicht, wie hoch so ein kleiner Hund springen kann. Kiki verstarb auf tragische Weise, wir begruben ihn im Garten.

Erstaunlicherweise nahm Tobias den Tod des Sittichs persönlich. Mit dem empörten Ausruf: „Verschwinde aus meinem Zimmer, du Vogelmörder", verjagte er für die nächsten paar Monate den verwunderten Dackel aus seinem Refugium.

Jeany

„Du, Mama!"

Ich horchte auf, denn immer wenn einer der Jungen seine Sätze so anfing, führte er etwas im Schilde.

„Du, Mama, wenn wir jetzt umziehen in das neue Haus, dann haben wir doch ein eigenes Grundstück, nicht wahr?", fragte Sebastian betont unschuldig, während sein Bruder sich im Hintergrund hielt.

Wir hatten uns nach langem hin und her dazu entschlossen, ein Haus zu bauen, die Wohnung war einfach zu klein für uns geworden.

„Natürlich, zu dem Haus gehört auch ein Grundstück, das ist ja klar."

Jetzt hielt Tobias seine Stunde für gekommen. „Du hast uns versprochen, dass wir einen Hund bekommen, wenn wir ein eigenes Grundstück haben. Jetzt haben wir eines und kriegen auch einen Hund. Du hast es versprochen!", erklärte er nachdrücklich. Von einem Pferd war schon lange keine Rede mehr, von dieser Idee hatten meine beiden sich nach erstaunlich kurzer Zeit verabschiedet.

Ich musterte das Duo infernal streng. „Ich kann mich gut daran erinnern, was ihr mit dem armen Kiki angestellt habt und mache mir immer noch Vorwürfe, dass ich ihn euch überhaupt anvertraut habe. Ich denke nicht, dass es eine gute Idee ist, ein weiteres Tier anzuschaffen."

Sebastian schaute düster drein. „Siehst du, Tobias. Ich habe dir gleich gesagt, dass wir lieber noch nix sagen sollen.

Jetzt hast du die ganze schöne Überraschung versiebt, du bist ja doof."

Der so Gescholtene ließ den Kopf hängen.

Ich bemühte mich erst zu bleiben. „So, so, eine Überraschung? War die etwas für mich?", fragte ich so harmlos wie möglich.

„Ja, eine ganz schöne Überraschung, für dich auch, aber auch für Papa und uns", sagte Tobias, was seinen Bruder dazu veranlasste, ihm einen Ellenbogenstoß in die Seite zu verpassen. „Jetzt halt doch endlich mal die Klappe und lass mich das erklären. Also, Mama, es ist nämlich so: Die Maike aus meiner Klasse, die hat einen Hund und der ist total süß und lieb und der ist ziemlich klein. Nicht mal halb so groß wie ein Pferd. Und die ist ganz traurig und hat geweint", hier machte Sebastian eine Pause, was Tobias die Gelegenheit gab, seinen Senf dazuzugeben. „Ja, die hat vielleicht geheult. Weil nämlich: ihre Mama geht wieder arbeiten und hat eine Alle-Allegie bekommen. Das bedeutet, dass sie den Hund weggeben will."

Wieder stupste sein Bruder ihn unsanft

an. „Jedenfalls müssen sie den Hund abgeben, sagt Maike. Ich habe auch die Telefonnummer aufgeschrieben und angerufen. Maikes Mama hat gesagt, dass du mal vorbeikommen kannst und dir den Hund anschauen", hier verstummte Sebastian und schaute mich aus großen, hoffnungsvollen Augen an. Auch sein kleiner Bruder schien mich mit seinem Blick hypnotisieren zu wollen und sagte, erstaunlicherweise, nichts.

Bei so viel Enthusiasmus und Tatkraft versprach ich, mich einmal mit Maikes Mutter in Verbindung zu setzen.

„Aber zuerst müssen wir mit Papa über die ganze Sache sprechen und hören, ob er überhaupt einen Hund haben möchte."

„Das haben wir schon gemacht. Er hat gesagt, dass wir dich fragen sollen. Er findet einen Hund klasse."

Das waren ja schöne Aussichten.

***

„Ja, das stimmt. Wir müssen unseren Hund leider abgeben, weil ich eine Allergie gegen Hundehaare entwickelt habe. Im Übrigen habe ich keine Zeit mehr mich um das Tier zu kümmern, denn ich habe wieder angefangen zu arbeiten. Wann möchten sie vorbeikommen, um sich das Tier einmal anzuschauen. Es war witzig, dass ihr Sohn bei mir angerufen hat." Maikes Mutter klang ziemlich forsch.

„Vielleicht erzählen sie mir erst einmal etwas über das Tier", begann ich zaghaft. „Sebastian sagt, es wäre nicht all zu groß?"

Mein Sohn hatte gesagt, der Hund wäre nicht einmal halb so groß wie ein Pferd, also stellte ich mir einen mittelgroßen Neufundländer vor und ging davon aus, dass der Hund nicht für uns infrage kommen würde.

Maikes Mutter lachte laut auf. „Da hat ihr Sohn Recht. So besonders groß ist der Hund nicht. Pini ist ein Rauhaardackel, saufarben, ein Jahr alt, also wahrscheinlich ausgewachsen. Sie ist reinrassig und für einen Dackel ausgesprochen gut erzogen, darauf legen wir wert. Aber es wird wirklich das Beste sein, wenn sie sich das Hündchen einmal anschauen. Ach übrigens, weil das Tier ja sozusagen ein Gebraucht-hund ist, wollen wir nur die Hälfte des Anschaffungspreises haben."

Über den Preis hatte ich noch gar nicht nachgedacht, doch schien hier eine klare Vorstellung zu bestehen. Nun, erst wollte ich mir das Tier einmal anschauen, das hatte ich schließlich versprochen. Anschließend konnte ich immer noch in Ruhe entscheiden.

Bald darauf saß ich im Wohnzimmer der Familie. Zu meinen Füßen hockte der niedlichste kleine Hund, den ich mir vorstellen konnte. Pini vom Modestüb-chen war eine ausgesprochene Schön-heit, sie eroberte mein Herz im Sturm, einfach durch einen Augenaufschlag. Ich warf alle Bedenken über Bord und so zog Jeany, denn so tauften wir die Dackeldame, mit uns in das neue Haus.

***

Jeany war von Anfang an mein Hund. Ich hatte als Kind niemals ein eigenes Tier besessen und hätte mir nicht vorge-stellt, wie bedingungslos man von sei-nem Hund angenommen wird. Wie viel

Liebe und Trost ein Tier geben kann.

Natürlich habe ich oft genug an einer Wiese oder einem Maisfeld gestanden und wutschnaubend auf meinen Dackel gewartet, der einem Karnickel auf den Fersen war, es jedoch nie einholte. Öfter als einmal habe ich Jeany aus einem Güllehaufen gezogen, weil die Dackeldame sich ein neues Parfum zulegen wollte. Zuweilen hat sie, nach dem anschließenden Bad, immer noch so streng gerochen, dass ich sie für den Rest des Tages in den Garten verbannte. Auch meine Versuche, den Hund zum Joggen in den nahe gelegenen Wald mitzunehmen erwiesen sich als ausgesprochener Flop. Hielt ich sie an der Leine, so blieb sie alle Nase lang abrupt stehen und brachte mich so zum Straucheln. Ließ ich sie los, so folgte sie mir eine Weile, um dann einfach umzudrehen und den Heimweg anzutreten. Alles Rufen und Drohen halfen nicht, Jeany hatte beschlossen, dass es genug war. Sie ging mit der allen Dackeln eigenen Sturheit ihren Weg zurück nach Hause. Bei einer dieser Gelegenheiten bemerkte ich erst gar nicht, dass das Tier sich davongemacht hatte. In heller Panik spurtete ich nach Hause, wo mich Jeany schwanzwedelnd vor der Haustür erwartete. „Das wird aber auch Zeit", schien sie mir zu sagen.

Unser Nachbar war in seinem Vorgarten beschäftigt. „Donnerwetter", grinste er. „Du hast euren Dackel aber gut erzogen. Er ist strikt auf der linken Straßenseite gegangen. Bevor er die Straße überquerte, hat er nach rechts und links geguckt, wie sich das gehört." Er zwinkerte mir zu. „Allerdings war weit und breit kein Auto zu sehen, sonst hätte ich dem Mädchen über die Straße geholfen."

Jeany weigerte sich grundsätzlich, bei Regenwetter das Haus zu verlassen, hätte lieber einen Darmverschluss bekommen, als sich auf die nasse Wiese zu setzen – schließlich war sie von Adel und sehr vornehm. Einer ihrer Vorfahren trug den ehrenwerten Namen "Waldmann von Halali". Zudem habe ich nie wieder einen Hund gesehen, der sich mit einer solchen Inbrunst die Pfoten sauber leckte, wie sie es tat. Selbst der kleinste Fussel zwischen den Krallen wurde nicht tolerierte.

Die Attacken meines Jüngstgeborenen ertrug Jeany mit Würde, und wenn es gar zu arg wurde, dann zwickte sie ihn gehörig, sodass er den einen oder anderen blauen Flecken davontrug. Dieses Verhalten veranlasste Tobias dazu, vorsichtig im Umgang mit dem Dackel zu sein.

Trotzdem stellte er eine Menge Unfug mit dem Hund an. Einmal organisierte er einen Hahnenkampf, von dem ich allerdings erst im Nachhinein erfuhr. Es sollte ein Kampf Hahn versus Dackel werden. Wir haben nie ergründen können, wo der Knabe den Hahn „ausgeliehen" hatte. Jedenfalls trommelte er seine Freunde zusammen und nahm Wetten an. Er machte die Rechnung allerdings ohne die Hauptakteurin, denn Jeany musterte den ziemlich aggressiven Gockel eindringlich, drehte sich um und ignorierte das Federvieh. Alle Überredungskünste halfen nicht, der Dackel weigerte sich schlicht, sich mit diesem merkwürdigen Gesellen abzugeben. Der Hahn wiederum scharrte nervös, wobei er den Hund nicht aus

den Augen ließ - aus begreiflichen
Gründen.
Mein Sohn, der kleine Mafiosi, hat anschließend noch lange auf sein Taschengeld verzichten müssen, denn
Wettschulden sind schließlich Ehrenschulden.

Murphy

Die Zeit verging, wir lebten schon einige Jahre in unserem Haus.
Vater und Söhne legten sich ein Aquarium zu, doch das blieb ein kurzes Zwischenspiel.
Tobias hatte sich einen Goldfisch ausgesucht, dem er den Namen Hungry
gab. Niemand ahnte, dass diese Tier ein
ausgesprochener Kannibale war. Es
entvölkerte das Aquarium in atemberaubender Geschwindigkeit, wobei
Hungry nach und nach ungeahnte Ausmaße annahm. Nach kurzer Zeit lebte er
allein im Aquarium, denn wir hatten es
aufgegeben, ihm ständig neues ‚Lebendfutter' vorzusetzen. Nun fing er an,
alle Pflanzen herauszureißen. Was Alan

mit Liebe einpflanzte, schwamm spätestens am nächsten Tag malerisch im Aquarium. Schließlich setzten wir Hungry in einem Teich in der Nachbarschaft aus, doch vermieden wir es wohlweislich dem Nachbarn mitzuteilen, dass der Goldfisch seine Artgenossen fraß. Das gefürchtete Gemetzel blieb aus, Hungry wurde von einem Fischreiher erwischt.

Ansonsten beschränkte sich die Haustierhaltung auf unsere Dackeldame, Mücken, Stubenfliegen und Hausspinnen. Zwar durchlief Tobias verschiedene Fasen, legte in aller Heimlichkeit eine Ameisenzucht im Kinderzimmer an. Ich besiegte die Invasion mithilfe des Staubsaugers und etlicher Tüten Backpulver. Er wollte nacheinander eine schwarze Mamba, einen Beo und eine Schwarze Witwe halten, doch das verbot ich rigoros.

***

Inzwischen hatte Sebastian das Elternhaus verlassen, lebte in einer WG und genoss die neu erworbene Freiheit. Sein Bruder lebte zwar immer noch bei uns, glänzte aber meist durch Abwesenheit. Jeany war ziemlich grau und schwerhörig geworden. Sie hatte inzwischen das 15. Lebensjahr überschritten.

„Du, Schatz", wandte sich Alan eines Abends zögernd an mich. Jeany lag zwischen uns auf der Couch und ließ sich mit wohlig geschlossenen Augen den Bauch kraulen. „Das alte Mädchen ist auch nicht mehr das, was es war."

Sätze, die mit ‚Du' und einem Kosenamen anfangen, lassen mich instinktiv zusammenzucken. Die Erfahrung hat mich gelehrt, dass ihnen meistens ein Haken folgt. Also ging ich direkt in die Abwehrhaltung.

„Alan, wir hatten bereits ein Aquarium. Auf eine Wiederholung kann ich gut verzichten. Und falls Tobias dahintersteckt: Ich will kein giftiges Getier im Haus haben!"

Alan grinste mich an. „Was du wieder denkst. Das will ich doch auch nicht. Es ist bloß so, dass ich mir überlegt habe, dass Jeany nun schon recht alt ist", hier machte mein Liebster eine Pause und sah mich prüfend an.

„Ja, das ist sie wohl", gab ich ihm

Recht. „Sie kann kaum noch laufen. Wenn ich mir überlege, wie lange wir früher spazieren gegangen sind. Jetzt will sie gerade mal in den Park um die Ecke und weigert sich einen Schritt zu viel zu gehen. Irgendwie fehlen mir diese Spaziergänge, das muss ich schon zugeben", ergänzte ich seufzend.

„Siehst du, genau das meine ich. So lange wird das Mädchen nicht mehr leben. Das müssen wir akzeptieren. Sie hat ja schon ein kapitales Alter, selbst für einen Dackel. Was würdest du davon halten, wenn wir uns nach einem jungen Tier umsehen. Es könnte sich an Jeany orientieren und hätte so gar keine Probleme sich bei uns einzufügen."

Auf diesen Gedanken war ich noch gar nicht gekommen. Prüfend musterte ich meinen Mann.

„Wie denkst du dir das genau? Was sollte es überhaupt für ein Hund sein? Und vor allem: wie jung sollte er sein? Du willst doch nicht etwa ...

„Doch", erwiderte Alan entschlossen. „Wenn wir uns einen weiteren Hund anschaffen, dann sollte es ein Welpe sein. Jeany ist schon ein Jahr gewesen, als sie zu uns gekommen ist. Ihre Erziehung war bereits abgeschlossen. Einen Welpen können wir uns selbst erziehen, so wie wir das möchten. Übrigens möchte ich noch einen Dackel, bloß sollte es dieses Mal ein Rüde sein", fügte Alan hinzu.

Ich erwärmte mich für den Gedanken. „Von mir aus kann es auch ein Rüde sein, wenn es nur ein weiterer Dackel wird. Einen großen Hund möchte gar nicht so gerne haben. Aber bist du dir wegen des Welpen sicher? Meinst du wir könnten ihn wirklich erziehen?"

Ich hatte arge Bedenken, denn mein Alan hatte es niemals fertiggebracht, unseren Kindern eine Bitte abzuschlagen, egal wie durchgeknallt sie war. Dieser Mann wollte jetzt also erzieherisch tätig werden und das bei einem, für seine Sturheit und Beharrlichkeit bekannten Dackeltier?

„Du wirst es sehen, mein Dackel wird das besterzogenste Tier im ganzen Kreis. Ach was sage ich, im ganzen Münsterland sein", strahlte Alan mich an.

„Vielleicht schaust du erst einmal, ob

du ein geeignetes Tier findest, noch gibt es Jeany und ich hoffe, dass das auch noch eine Weile so bleiben wird."

So machte sich Alan auf die Suche. Er stieß schon bald auf eine Annonce im Internet, in der „junge Rauhaardackel von privat" angeboten wurden. Unter einem Foto, auf dem nicht viel mehr als eine schwarze Knollennase zu sehen war, stand der Text „ich heiße Murphy und suche ein Zuhause".

„Das ist mein Hund", stellte mein Liebster spontan fest. Wir vereinbarten einen Termin für eine unverbindliche Besichtigung des Wurfes.

***

„Die Welpen sind in der Garage", der junge Mann wies auf eine überdimensionale Doppelgarage, die sich auf seinem Hof befand. „Sie sind jetzt gut 4 Wochen alt und fangen an die Umgebung zu erkunden. Schauen sie sich in Ruhe um."

Er öffnete eine Seitentür und ließ uns ein. Die Garage war wirklich riesig. In einer Ecke stand eine große Holzkiste, in der eine Dackelhündin lag, die eine erstaunliche Ruhe ausstrahlten. Um sie herum krabbelte, kraxelte und wimmelte es durcheinander. Sechs Welpen versuchten, mehr oder weniger erfolgreich, aus dem Verschlag zu entkommen, was ihnen nach einiger Zeit wirklich gelang. Einer der Kleinen wackelte auf Alan zu und machte sich an seinen Schuhbändern zu schaffen, was der sich grinsend gefallen ließ. Tatsächlich gelang es dem Welpen, eines der Bänder zu öffnen. Er zerrte mit Begeisterung weiter daran. „Das ist bestimmt Murphy, oder?", wandte sich meine bessere Hälfte an den Verkäufer.

Der zuckte die Achseln. „Um ehrlich zu sein, habe ich das Bild eingestellt, ohne genau zu wissen, welchen Welpen ich überhaupt fotografiert hatte. Den Text hat meine Frau darunter gesetzt. Ich glaube sie hat sich den Namen einfach so ausgedacht. Übrigens kommt sie gerade mit dem Futter."

Wie auf Kommando öffnete sich eine Seitentür und eine Frau betrat die Garage. Sie hatte eine große und eine kleine Schüssel in den Händen. „Essenszeit", rief sie und setzte die Näpfe auf dem Boden ab. Der kleine Welpe, welcher immer noch voller Inbrunst an Alans Schuhband zerrte, schien die Prozedur bereits zu kennen, denn er wandte sich schlagartig um und tapste auf den kleineren Futternapf zu. Auch seine Geschwister setzten sich begeistert in Bewegung, während die Mutter schon eifrig aus ihrem Napf fraß.

„Sie haben die freie Auswahl, bisher ist noch keines der Tiere verkauft", merkte die Frau an, nachdem sie uns die Hand geschüttelt hatte. „Der Kleine, der sich an ihrem Schuh zugange war, ist ein Rüde, jedenfalls wird er mal einer", fügte sie lächelnd hinzu.

Der vorwitzige Welpe hatte inzwischen den Futternapf erreicht und festgestellt, dass seine Geschwister ihm zuvorgekommen waren, sodass er keinen Platz mehr hatte. Kurz entschlossen nahm er Anlauf, senkte den Kopf wie ein Stier in der Arena und durchbrach die Barriere mühelos. Er landete mit der Schnauze im Napf schmatzte bald genau so laut wie seine Geschwister.

Alan war begeistert. „Hast du das gesehen. Der kleine Kerl weiß genau, wie er sich durchsetzen muss. Das ist mein Hund, und egal ob er auf dem Foto war oder nicht, das ist Murphy."

Der Verkäufer streckte ihm die Hand entgegen. „Dann sind wir also handelseinig? Allerdings haben sie ja sicher schon in der Annonce gelesen, dass die Welpen keine Papiere haben. Vater und Mutter sind zwar reinrassig, doch hat die Hündin nie die erforderlichen Prüfungen abgelegt."

„Das ist uns egal, unsere Hündin war auch nie auf einer solchen Veranstaltung, obwohl sie reinrassig ist", mischte ich mich ein. „Allerdings haben wir ein Problem. Wir fahren in drei Wochen in Urlaub. Anschließend würden wir den Welpen abholen, wenn das für sie in Ordnung ist."

„Eben, jetzt ist der Hund sowieso noch viel zu jung, um ihn von seiner Mutter und den Geschwistern zu trennen. Wenn wir wieder da sind, ist er gute 8 Wochen alt, das würde passen", fügte Alan hinzu.

„Der Verkäufer stutzte einen Moment und sah seine Frau an, die uns zunickte.

„Abgemacht, dann sehen wir uns in 4 Wochen wieder. Bezahlen müssten sie den Hund aber sofort."

„Ja, sicher, das ist doch selbstverständlich."

Nachdem wir uns von Murphy verabschiedet hatten, der zur besseren Kennzeichnung ein winziges rotes Halsband umgebunden bekam, machten wir uns gut gelaunt auf den Heimweg.

„Nun ist es tatsächlich dein Hund geworden", stellte ich fest.

Alan nickte. „Das habe ich dir doch sofort gesagt."

***

Alles war vorbereitet, das Motorrad startklar. Wir hatten in diesem Jahr einen Motorradtrip durch Cornwall geplant und freuten uns schon sehr auf diesen Urlaub.

Drei Tage vor unserer Abreise bekamen wir einen Anruf von unserem Dackelverkäufer: „Es tut mir leid, sie müssen ihren Welpen abholen. Seine Geschwister sind längst weg, er ist als einziges Tier übrig und wir wissen nicht wohin mit ihm."

Schockiert machten wir uns auf den Weg, um die Sachlage vor Ort zu klären. Hier wurden wir ungeduldig erwartete. Wieder öffnete der Verkäufer die Doppelgarage. Die große Holzkiste war entfernt worden. Stattdessen stand in einer Ecke ein winziges Körbchen. Von der Hündin fehlte jede Spur und auch Murphy sahen wir zunächst nicht. Der Verkäufer sah sich suchen um. „Wo steckt denn der ...", murmelte er.

Aus einer Ecke erklang ein leises, jämmerliches Winseln. Tatsächlich hatte sich der kleine Hund dort verkrochen. Ich nahm das zitternde Bündel vorsichtig in den Arm und musterte Alan besorgt, denn er war rot angelaufen.

„Sagen sie mal, sie ticken ja wohl nicht richtig, was? Erst sichern sie uns zu, dass sie den Hund bis nach unserem Urlaub beherbergen, jetzt rufen sie uns an, dass wir ihn sofort abholen sollen. Wir wollen in drei Tagen losfahren, Mann. Hinzu kommt, dass sie das Tier ganz allein in diese riesige Garage sperren. Wo ist überhaupt die Mutter?"

Der Verkäufer zuckte die Schultern. „Ja, was soll ich sagen, sie ist weg. Die

Welpen sind halt alle schnell verkauft und gleich mitgenommen worden. Ich habe versucht ihren Kleinen zu meinen Terriern zu packen, aber sie akzeptieren ihn nicht, sind immer wieder auf ihn losgegangen. Da habe ich ihn sicherheitshalber wieder in die Garage getan."

Alan und ich hatten bis dato schon allerhand miteinander erlebt, doch ich hatte ihn noch nie so wütend gesehen.

„Das glaube ich jetzt nicht", begann er lautstark. Ich legte ihm begütigend die Hand auf den Arm. „Das hat doch alles keinen Zweck, Schatz. Bitte lass uns einfach gehen. Wir finden schon eine Lösung."

Alan atmete tief ein. „Du hast ja Recht. Je schneller wir mit dem Kleinen hier weg sind, umso besser."

Ohne den herzlosen Verkäufer weiter zu beachten, stiegen wir in unser Auto und fuhren davon.

„Was machen wir jetzt", fragte ich zaghaft, während ich den kleinen Hund vorsichtig streichelte. Murphy hatte sich in meinen Arm gekuschelt und schien zufrieden zu sein, denn er schlief sofort ein.

„Wenn ich das mal wüsste." Alan zuckte ratlos mit den Schultern. „Jeany unterzubringen ist kein Problem, aber wir können den Kleinen doch jetzt nicht gleich wieder abgeben. Mal abgesehen davon, dass ich nicht wüsste, wer ihn nehmen könnte, möchte ich das nicht." Wir überlegten hin und her, ohne eine Lösung zu finden. Schließlich fassten wir den Entschluss den Urlaub abzusagen.

„Weißt du, Cornwall können wir schließlich auch im nächsten Jahr besuchen", stellte Alan abschließend fest.

Zu Hause angekommen setzte ich Murphy vorsichtig im Korridor ab. Er blinzelte verschlafen und schaute sich vorsichtig um. Dazu hatte er auch jeden Grund, denn Jeany stürzte sich mit einer ungeahnten Geschwindigkeit auf ihn und kniff ihm in den Nacken, ehe einer von uns eingreifen konnte. Murphy jaulte auf, warf sich sicherheitshalber auf den Rücken und drehte der alten Dackeldame den ungeschützten Bauch zu. Diese schnaubte vernehmlich, machte eine Kehrtwende, wobei sie in ihren gewohnten, steifbeinigen Gang verfiel und kletterte in ihr Körbchen. Sie schien es zufrieden zu sein. Hatte sie doch dem neuen Rudelmitglied klar gemacht, wo seine Stelle in der Rangordnung war.

„Pfui, Jeany, schäm dich!", tröstend streichelte ich den kleinen Hund, der immer noch anklagend jaulte. Jeany musterte mich kurz, schnaubte wieder durch die Nase und drehte mir ihr Hinterteil zu.

***

Murphy gewöhnte sich schnell an sein neues Zuhause, war bald stubenrein.

Allerdings entwickelte er eine fatale Neigung, alles anzuknabbern, was ihm vor die Zähne kam. In einem unbeachteten Augenblick nagte er eine Bein unseres Wohnzimmertisches und die Ecken eines Schrankes an. Beide Teile waren aus Weichholz, was ihm sehr entgegen kam. Er fand mit traumhafter Sicherheit den kleinsten losen Zipfel der Raufaser Tapete, mit der unser Korridor tapeziert war. Von dieser losen Ecke ausgehend schaffte er es, größere Stücke Tapete

von der Wand zu ziehen.
Wie viele Schuhe er im Laufe seiner
Jugend vernichtete kann ich nicht sa-
gen.

Mit der Zeit lernte er es, Jeany aus dem
Weg zu gehen, wenn sie schlecht gelaunt war. Scheinbar hatte sie Murphy
mit der ersten Attacke an seinem An-
kunftstag einen Höllenrespekt einge-
flößt. Er wehrte sich niemals, wenn die
Hündin ihn, trotz aller Vorsichtsmaß-
nahmen seinerseits, kniff. Allerdings
waren Jeanys Zähne mit zunehmendem
Alter wackelig geworden und mussten
zum größten Teil entfernt werden. Der
verbleibende Rest reichte aus, um Nass-
futter zu verputzen und ihren tierischen
Mitbewohner hin und wieder zu zwicken. Mehr als einmal tröstete ich den
jammernden Muphy, was Jeany mit einem entrüsteten Schnauben durch die
Nase quittierte.
Trotzdem tat die Anwesenheit eines
jungen Tieres Jeany gut. Plötzlich zeigte sie wieder Interesse daran, längere
Spaziergänge zu unternehmen. Wenn
Murphy sie zum Spielen aufforderte, so

beteiligte sie sich fast immer daran.

Murphy entwickelte sich zu einem Ball-junkie und ist es immer noch. Er hat einige Tennisbälle, die er leidenschaftlich gerne apportiert. So oft man auch den Ball wirft, immer bringt er ihn zurück, legt ihn ab und wartet schwanzwedelnd auf den nächsten Durchgang.

Bei solchen Gelegenheiten legte sich die alte Hündin strategisch günstig in den anzunehmenden Weg des Balls. Landete dieser wirklich kurz vor ihrer Nase, so warf sie sich so schnell wie möglich darauf und knurrte leise und bedrohlich. Murphy wagte es niemals, ihr den Ball streitig zu machen. Er setzte sich vor sie und jammerte so lange, bis Jeany des Spiels überdrüssig wurde oder bis sich einer von uns erbarmte und der Hündin den Ball wieder abnahm.

***

An einem Samstagvormittag, Murphy war bereits zu einem Junghund herangewachsen, beschlossen Alan und ich einen Einkaufsbummel zu machen. Die

Hunde ließen wir, wie öfter bei solchen Gelegenheiten, im Haus zurück.

„Alles gesichert?", fragte Alan Scherzes halber, als wir im Auto saßen.

„Ja klar, alles gesichert", antwortete ich. „Die Zimmertüren sind zu, die Tiere schlafen ruhig und friedlich im Korridor und bewachen das Haus. Dazu haben wir sie schließlich angestellt."

Wir staunten nicht wenig, als wir nach Hause kamen, denn uns erwartete ein ungewohntes Bild. Während Murphy in seinem Körbchen auf dem Rücken lag und lauthals schnarchte, saß Jeany mitten im Korridor und schien Mühe zu haben, die Balance zu halten. Ihr linker Mundwinkel hing seltsam herunter, vom linken Auge war nur ein Schlitz zu sehen. Erschrocken beugte ich mich zu ihr. Der Hund schien nur darauf gewartet zu haben, dass wir nach Hause kamen, denn mit einem merkwürdigen Quiekton brach er vor mir zusammen. Murphy schien das alles nicht zu stören, er schnarchte weiterhin, wobei er alle Viere von sich streckte.

„Schatz, ich glaube der Hund hat einen

Schlaganfall. Wir müssen sofort mit ihm zum Tierarzt. Vielleicht ist er noch zu retten", rief ich in heller Panik und wies auf die, jetzt zuckend am Boden liegende Hündin.

„Du hast Recht", ich packe den Hund in seine Decke und wir fahren sofort los." Auch Alan, der sonst die Ruhe selbst war, schien stark beunruhigt zu sein.

So beachteten wir den schlafenden Murphy nicht weiter, packten Jeany auf den Rücksitz und fuhren los. In unserer Aufregung vergaßen wir sogar vorher abzuklären, ob sich unser Tierarzt überhaupt in seiner Praxis befand.

Wir hatten Glück. Der Tierdoktor war gerade beim Mittagessen, ließ aber seine Mahlzeit stehen, um sich den Schlaganfallpatienten anzusehen.

Inzwischen schien Jeany ins Koma gefallen zu sein, denn sie zuckte nur noch ab und zu, hatte ansonsten keine Reflexe mehr, atmete aber wenigstens. Der Tierarzt untersuchte sie gründlich, während ich mir verzweifelt auf die Fingerknöchel biss. Schließlich wandte er sich uns zu.

„Also ich würde mal sagen, dieser Hund

hat keinen Schlaganfall", konstatierte er, während seine Mundwinkel zuckten. „Ich vermute etwas ganz anderes. Hat ihr Hund freien Zugang zu Alkohol gehabt?"

„Ähm, ich verstehe nicht", ich konnte mir auf diese Bemerkung keinen Reim machen. „Wie meinen sie das?"

„Nun ja, ich würde sagen ihr Dackel ist sternhagelvoll. Sie sollten ihn sich richtig ausschlafen lassen. Dann ist er morgen so gut wie neu."

Alan schüttelte den Kopf. „Das kann ich mir nicht vorstellen, woher sollen die Dackel denn den Alkohol haben? Obwohl - Murphy liegt ganz merkwürdig verdreht in seinem Körbchen und schnarcht, dass die Wände wackeln. Möglicherweise ist er auch betrunken."

Der Tierarzt nickte. „Murphy ist ja um einiges jünger als Jeany, er kann den Alkohol besser vertragen. Während er einfach eingeschlafen ist, hat die Hündin schon ihre Probleme damit, die Dosis zu verarbeiten. Es kann natürlich auch sein, dass sie einfach mehr getrunken hat."

Ich musste kichern, denn vor meinem

inneren Auge spulte sich ein ganzer Film ab: Ich sah unsere Dackel auf dem Sofa lümmeln, eine Flasche von Alans Whisky und zwei Gläser zwischen sich auf dem Tisch. Murphy, Alans coole Sonnenbrille auf der Nase, schenkte ein und hieb der Hündin anschließend auf die Schulter. „Komm schon, altes Mädchen, sie sind weg. Lass uns einen drauf machen", raunte er mit einer tiefen Gangsterstimme.

Jeany schnaubte zustimmen durch die Nase. „Aber nur ein Schlööööckchen, in meinem Alter muss ich vorsichtig sein, wegen der Leber."

Alan schaute streng über seinen Brillenrand. „Das ist wirklich nicht lustig und noch einmal: Wie in Gottes Namen sind die Hunde an den Alkohol gekommen. Wir haben doch alle Zimmertüren geschlossen, bevor wir das Haus verließen."

Es war ihm anzusehen, dass er sich Sorgen um seine Whiskybestände machte. Ich wiegte belustigt den Kopf. „Vielleicht haben die Zwei einen geheimen Vorrat irgendwo in der Ecke, von dem du nichts ahnst, mein Lieber.

Oder sie haben die Wohnzimmertür eingetreten, um sich über unsere Spirituosen herzumachen."

Der Tierarzt unterbrach unsere Konversation. „Das werden sie sicher zu Hause klären können. Jedenfalls ist dieser Hund nicht krank, er muss einfach seinen Rausch ausschlafen. Wenn sie gestatten, so würde ich jetzt gerne zu Ende essen. Meine Rechnung schicke ich ihnen zu."

Er hielt uns die Tür auf, machte eine entsprechende Handbewegung und komplimentierte uns und die tierische Schnapsleiche so aus der Praxis.

Wieder zu Hause angekommen legte meine bessere Hälfte Jeany sacht in ihr Körbchen. Murphy wachte auf, blinzelte uns benommen an, hob kurz den Kopf, ließ ihn aber schnell wieder sinken. Offenbar hatte er Kopfschmerzen.

„Recht geschieht dir, du oller Säufer", schimpfte ich. „Jetzt muss ich erst einmal nachsehen, was ihr angestellt habt."

Ich musste nicht lange suchen, denn die Wohnzimmertür stand sperrangelweit auf. Wahrscheinlich hatte ich sie nicht richtig eingeklinkt, sodass die Dackel die Tür nur anstupsen mussten, um in den Raum zu gelangen. Hier erwartete uns des Rätsels Lösung.

Eigentlich war die Sache ganz simpel. Murphy und vor allem Jeany waren süchtig nach Süßem. Obwohl ich immer Hundeschokolade im Haus hatte gönnte ich ihnen ab und zu ein Stück Schokolade, denn wer einem Dackel je in die Augen geschaut hat, der weiß, wie treu und wie traurig diese kleinen Racker gucken können.

Alan und ich mögen ganz gerne diese kleinen, mit einer Kirsche und Weinbrand gefüllten Pralinen in der roten Verpackung. Eine Schale voll damit hatte auf dem Wohnzimmertisch gestanden. Hatte gestanden - die Betonung lag hier auf dem Plusquamperfekt, denn von der süßen Versuchung war nichts mehr vorhanden. Erstaunlicherweise fehlte auch der größte Teil des Papiers, in das die Pralinen eingewickelt waren. Die Schale lag umgekippt auf dem jetzt ziemlich klebrigen Wohnzimmertisch, von einigen roten Papierfetzen umrahmt.

Offensichtlich hatten unsere Dackel das Wohnzimmer gekapert und sich über unseren Pralinenvorrat hergemacht. Kein Wunder, dass die beiden sturzbetrunken waren.

„Oh je", seufzte ich. „Das wird einen ordentlichen Durchfall geben, vermute ich."

Alan zuckte die Schultern. „Da müssen wir oder besser die Hunde jetzt einfach durch. Sei froh, dass den beiden nicht schlecht geworden ist, bei so viel Schokolade und vor allem; bei so viel Weinbrand. Wenigstens wissen wir jetzt, wie die Tiere an den Alkohol gekommen sind."

Ich verpasste ihm einen sanften Ellenbogencheck. „Du bist bloß erleichtert, weil du um deinen Whisky gebangt hast, das kannst du ruhig zugeben."

Meine bessere Hälfte grinste mich an. „Eben und deshalb werde ich mir jetzt einen kleinen Whisky genehmigen, auf den Schreck."

Die Dackel erholten sich ziemlich schnell von ihrer Pralinenschlacht und ich achtete in Zukunft darauf, sie von jeglichem Alkohol fernzuhalten. Allerdings gelang es Jeany noch einmal, sich einen ordentlichen Rausch zu verpassen.

Meine Mutter hatte mir aus dem Urlaub eine Flasche Marillenlikör mitgebracht, die ich Alan am Abend zeigte.

„Schau mal, Schatz, ist das nicht nett", sagte ich und präsentierte meiner besseren Hälfte die Flasche. In der Annahme, er würde sie greifen ließ ich los. Die Flasche fiel auf den Boden und zersprang in tausend Stücke.

Murphy zog sich erschrocken in eine Ecke zurück, während Jeany den süßen Likör in Windeseile vom Boden aufleckte. Zwar zog ich sie vom Ort des Geschehens weg, doch hatte sie so schnell wie möglich so viel wie möglich aufgeschleckt. Zufrieden wackelte sie in ihr Körbchen, wühlte sich in ihre Decke und war bald selig eingeschlafen.

Als ich, inzwischen vertraut mit dem Thema Hunde und Alkohol, nach einiger Zeit nach ihr schaute, schien sie sich immer noch im Tiefschlaf zu befinden. Merkwürdigerweise stand ihr eines Schlappohr fast senkrecht vom Kopf ab.

Ich ließ den Hund in Ruhe seinen Rausch ausschlafen und schaute noch einige Male nach ihm. Irgendwann hing das Ohr wieder in seiner natürlichen Stellung, was mich sehr beruhigte. Am nächsten Tag schien Jeany ziemlich missgelaunt zu sein, trabte beim Gassi gehen nur unwillig hinter mir her und knurrte bei jeder Gelegenheit den arglosen Murphy an. Ob der Hund wohl einen Kater hatte?

***

Mit dem Übergang vom Welpen zum Junghund brach die Liebe über Murphy herein.

Er hatte schon im Alter von vier Monaten damit angefangen, beim Markieren das Bein zu heben, wobei er öfter als einmal dabei umgefallen war. Scheinbar war es für ihn gar nicht so einfach das Gleichgewicht zu halten. Er wusste sich zu helfen und stütze sich mit dem angehobenen Bein an einer Mauer, einem Baum oder einem großen Stein ab. Manchmal war die Stütze auch ein mickriger dürrer Ast, der bei Belastung brach, sodass der kleine Kerl dann auf die Nase fiel. Doch mit der Zeit lernte er und war bald perfekt.

Nun wehten ihm sehr verwirrende Düfte um die Nase, die von Verlockung, Lust und Leidenschaft erzählten. Kurz gesagt: Murphy entdeckte das andere Geschlecht.

Ein Weibchen hatte er direkt neben sich, das es zu umwerben galt. Doch hier hatte er die Rechnung ohne Jeany gemacht. Sie war zwar niemals kastriert worden, doch hatte sich ihr Zyklus eines Tages von selbst eingestellt, sie wurde nicht mehr heiß.

Schon in ihrer Jugend wählerisch, gab sich das Fräulein vom Modestübchen noch lange nicht mit jedem Rüden ab - geschweige denn hin.

Jetzt, im Alter stand sie über den Dingen und fühlte sich durch Murphys Avancen einfach nur genervt. Er umschmeichelte sie, wich nicht von ihrer Seite, schleppte alle Schuhe, deren er habhaft wurde in ihr Körbchen. Er hielt ihr seine Rückseite vor die Nase, was sie zu einem missbilligenden Schnaufer veranlasste.

Kurz: Er konnte machen, was er wollte, er kam nicht zum Ziel.

Schließlich ging er der Hündin derart auf die Nerven, dass seine bloße Anwesenheit reichte, um Jeany zum lauten Knurren zu bringen. Kam er ihr auch noch zu nahe, so schnappte sie nach ihm, wie in seiner Zeit als Welpe. Dann jaulte der unverstandene Murphy seinen Weltschmerz heraus, was sich durchaus über eine Viertelstunde hinziehen konnte.

Auch in der Nacht überkam ihn ab und zu eine bittere Melancholie, die es zu beklagen galt, sodass seine Mitbewohner zeitweise unter chronischem Schlafmangel litten.

Glücklicherweise ging auch diese Zeit vorbei, die verwirrenden Düfte lösten sich in Luft auf, die Welt war wieder in Ordnung, der Dackel einfach ein kleiner, fröhlicher Geselle und kein liebeskranker Casanova.

Mit der Zeit spielte sich alles ein wenig ein. Murphy litt immer noch für einige Tage, wenn die Weiblichkeit um ihn herum lockte, versuchte sein Glück bei Jeany, wurde gekniffen und ließ sie in

Ruhe. Doch hielten sich seine Leiden und somit die nächtlichen Ruhestörungen in Grenzen.

***

Auch bei Tobias hatte die Liebe zugeschlagen. Die Auserwählte hieß Lena und war ein liebes, ungemein hübsches Mädchen, das ihm zu seinem Geburtstag sogar eine Torte backte. „Der Kuchen schmeckt zwar nicht besonders", erklärte er mit dem ihm eigenen Charme, „aber das ist so süß von ihr." Lena verbrachte den größten Teil ihrer Zeit bei uns, will sagen mit Tobias in seinem Zimmer.

„Wir wollen heute einen Videoabend in meinem Zimmer machen, Mama", teile mein Filius mir eines Nachmittags mit. Dazu brauchen wir noch Cola und Chips und Weingummi und ..."

„Ist ja gut. Ich sponsere die dazugehörigen Süßigkeiten", unterbrach ich ihn lachend. „Wenn ihr sowieso einkaufen geht, dann nehmt doch die Hunde mit. So habe ich mir die Nachmittagsrunde mit ihnen gespart."

„Geht klar, das machen wir gern",

strahlte mein Sohn zu meinem Erstaunen. Bald waren die beiden unterwegs, wobei sie feststellen mussten, dass es gar nicht so einfach war Händchen zu halten, wenn jeder ein wuseliges Dackeltier an der Leine führte. Irgendwann trudelte Tobias wieder ein, ging aber sofort in sein Zimmer.

Als ich ihn später zum Abendessen rufen wollte und nach Lenas Verbleib fragte, gab sich wortkarg. Scheinbar hatte er sich mit ihr verkracht und der Videoabend fiel aus. „Ich habe auch gar keinen Hunger, Mama", sagte er niedergeschlagen.

Beim Abendessen zu zweit saß zu unserem Erstaunen nur Murphy unter dem Esstisch. Alan sah sich suchend um. „Wo ist denn Jeany geblieben, sie sitzt doch sonst immer am strategisch günstigsten Platz wenn wir essen."

„Das stimmt allerdings." Auch ich wunderte mich, denn Jeany hatte bis dato noch keine Mahlzeit ohne triftigen Grund verpasst. „Wenn ich es so recht bedenke, dann habe ich sie den ganzen Nachmittag nicht gesehen. Sie wird doch wohl kein Loch im Zaun entdeckt und sich selbstständig gemacht haben?", fügte ich hinzu.

„Das glaube ich nicht, denn dann wäre Murphy bestimmt auch nicht hier", stellte Alan folgerichtig fest.

So suchten wir den Hund zunächst im Haus und dann im Garten, wobei wir feststellten, dass es kein Loch im Zaun gab.

„Ich verstehe das nicht! Ist der Hund denn wohl unbemerkt zur Haustür hinausgelaufen?", überlegte ich laut. „Ich glaube, ich suche die Umgebung nach ihm ab."

„Auch das kann ich mir nicht vorstellen, es regnet in Strömen. So wasserscheu, wie das Tier ist, würde es schon längst wieder vor der Tür sitzen. Aber wenn du draußen suchen willst, dann komme ich mit."

Gerade als wir unsere Regenjacken angezogen hatten, kam Tobias aus seinem Zimmer.

„Ich weiß, wo Jeany ist, keine Panik", japste er und stürmte aus dem Haus. Wenig später erschien er wieder, die tropfnasse Hündin an der Leine.

„Es tut mir wirklich ganz doll leid", murmelte er und begann damit, den Hund trocken zu rubbeln. Jeany schien unter Schock zu stehen, denn sie ließ sich diese, recht rüde Behandlung widerspruchslos gefallen.

Sag mal, spinnst du?", fuhr ich meinen Sohn an, denn er hatte sich das nächstbeste Handtuch gegriffen, in diesem Fall ein Küchentuch. „Warte, ich hole ein Hundehandtuch, das kannst du nehmen."

„Und in der Zwischenzeit erzählst du bitte, wo der Hund gesteckt hat", meldete sich Alan zu Wort.

„Ja, also, wir sind erst mal zum Aldi gegangen", begann Tobias seine Erzählung, wurde aber von seinem Vater unterbrochen.

„Nicht so weitschweifig, bitte? Wo war der Hund? Wir haben alles nach ihm abgesucht!"

Tobias schaute ziemlich zerknirscht aus der Wäsche. „Der Hund war vorm Aldi festgebunden."

„WAS?"

Wie sich herausstellte, hatten Lena und Tobias sich im Supermarkt, aus welchen Gründen auch immer, furchtbar gestritten und die Beziehung einmal mehr beendet, was meist nicht länger als 12 Stunden anhielt. Beide waren wutentbrannt aus dem Aldi gestürmt. Lena hatte sich nicht mehr umgesehen und war in Richtung Bushaltestelle gestapft, um nach Hause zu fahren. Tobias griff sich Murphys Leine und ging, auch wütend, nach Hause.

Jeany war von dem Pärchen schlicht vergessen worden. Da sie gut angeleint war, blieb ihr gar nichts anderes übrig, als auf die Rettung zu warten, die erst ein paar Stunden später erfolgte.

Am nächsten Tag besuchte uns eine ziemlich kleinlaute Lena, die einen Riesenknochen und jede Menge Hundeschokolade mitbrachte. Das Pärchen hatte sich, wie üblich, schon in der Nacht telefonisch vertragen.

Lisa

Inzwischen hatte meine Dackeldame das 17. Lebensjahr überschritten. Der Tierarzt verordnete ihr Herztabletten, die ich ihr jeden Morgen ins Futter mischte. Sie war zottelig und ganz altersgrau geworden, sah und hörte ziemlich wenig. Doch begleitete sie Murphy und mich immer noch auf unseren Gassi Runden, wenn wir auch häufig auf sie warten mussten. Sehr zu ihrem Missfallen hatten wir einen neuen Hausbewohner bekommen.

Doch der Reihe nach:
Es war ein kalter und stürmischer Abend im November.
Murphy verhielt sich schon seit dem Nachmittag anders als sonst. Statt wie gewohnt auf seiner Decke zu liegen, sich ab und zu von rechts nach links zu drehen und vor sich hinzudämmern lief er ruhelos im Wintergarten hin und her. Ich hatte bereits eine extra Runde mit ihm gedreht, wobei er mit Inbrunst den Boden beschnüffelte, sich aber ansonsten eher gelangweilt gab.

Zu vorgerückter Stunde kratzte Murphy an der Tür zur Terrasse, bellte laut und anhaltend.

„Verflixt, was hat der Hund denn heute", grummelte Alan und öffnete genervt die Terrassentür.

Murphy schoss wie eine Kanonenkugel in den Garten hinaus und direkt auf ein dichtes Gebüsch zu. Alan, neugierig geworden, folgte ihm. Er bemerkte gerade noch einen winzigen Schatten, der aus dem Gebüsch flüchtete, genau in seine Richtung. Der aufgeregte Dackel folgte laut bellend.

„Murphy, aus und sitz", donnerte Alan, was den Hund dazu veranlasste, sich aufgeregt wedelnd zu ducken und sich dann in die Sitzposition zu begeben.

Der Schatten hatte vor dem vermeintlich neuen Feind halt gemacht, sodass Alan ein kleines Kätzchen erkannte. Vorsichtig hob er das Tier auf, das sich zitternd in seine Hände schmiegte, und brachte es ins Wohnzimmer.

Murphy umschwänzelte ihn aufgeregt, während Jeany nur kurz und uninteressiert den Kopf hob, um sogleich wieder in den gewohnten Tiefschlaf zu fallen.

„Schau bloß mal, wen Murphy im Garten gefunden hat", sagte Allen und hielt mir seine geöffneten Hände unter die Nase. In ihnen lag ein winziges, getigertes Katzenbaby.

„Das ist ja niedlich", gurrte ich und streichelte das Tier sanft, denn bei diesem Anblick konnte ich gar nicht anders. „Was meinst du, ist das Kätzchen wohl irgendwo ausgebüxt?"

„Das glaube ich nicht", erwiderte Alan. „Es ist doch noch ganz jung, bestimmt nicht älter als 10 Wochen. Wer lässt ein so kleines Tier länger unbeaufsichtigt? Wahrscheinlich ist es auf einem Gehöft zur Welt gekommen. Dort wird sich ja kaum um die neugeborenen Katzen gekümmert. Sie laufen einfach so mit. Wer weiß, wie lange das Tier schon unterwegs ist."

Das Kätzchen kuschelte sich immer noch an Alan. Er strich ihm sanft über den Kopf und es schloss genießerisch die Augen.

„Wenn es länger unterwegs war, dann hat es vielleicht Hunger", überlegte ich. „Lass uns in die Küche gehen. Dort kann es etwas mit Wasser verdünnte

Milch haben. Morgen früh frage ich gleich in der Nachbarschaft herum, vielleicht vermisst doch jemand die Katze. Falls das nicht der Fall ist, müssen wir das Tier eben im Tierheim abgeben."

Doch so sehr ich auch herumfragte, niemand vermisste die kleine Katze. Wahrscheinlich war sie tatsächlich von einem der nahe gelegenen Bauernhöfe, wo die Katzen halb wild auf der Tenne hausen.

Natürlich brachten wir es nicht übers Herz, die Kleine im Tierheim abzugeben, zumal wir am nächsten Tag feststellen mussten, dass sie ziemlich krank war. Sie lag teilnahmslos da, bekam kaum Luft, Augen und Nase tränte heftig.

„Das Tier hat den Katzenschnupfen", diagnostizierte der Tierarzt, verordnete Augentropfen und eine Paste.

***

Das Kätzchen erholte sich erstaunlich schnell und fügte sich fast nahtlos in unseren Haushalt ein. Alan gab ihm den Namen Lisa.

„Schließlich hat Murphy die Katze gefunden, dann kann ich, stellvertretend für ihn, den Namen aussuchen", argumentierte er. Mir war das recht, denn Lisa und ich respektierten uns zwar, blieben aber auf Distanz.

Ganz anders war das Verhältnis der Katze zu meiner besseren Hälfte. Lisa ließ sich ausschließlich von Alan streicheln, duldete es sogar, dass er sie zwecks Transport in den Katzenkorb hob. Sie schlich sich nachts auf seine Seite des Bettes, stupste ihn sacht mit der Pfote an. Wenn er dann seine Hand ausstreckte, so legte das Tier seinen Kopf hinein und schnurrte bis Herrchen und Katze eingeschlafen waren.

Während Murphy die Katze weitgehend ignorierte, er hatte ausgiebig an ihr geschnüffelt und festgestellt, dass sie nicht besonders interessant roch, hasste Jeany den neuen Hausbewohner wie die sprichwörtliche Pest. Sie hatte in ihrer Jugend eine prägende Begegnung mit einem Kater gehabt, der ihr, in die Enge getrieben, einen blutigen Kratzer verpasst hatte. Seit dieser Zeit war sie auf Samtpfötchen nicht gut zu sprechen.

Nun lebte eines dieser Tiere in ihrer engeren Umgebung, was sie gar nicht witzig fand.

In diesem Fall war es von Vorteil, dass die Dackeldame schon so alt war, sonst wäre es in unserem Haushalt drunter und drüber gegangen, glaube ich.

Lisa hatte schnell festgestellt, dass die alte Hündin ihr gegenüber zwar bösartig war, sie aber aufgrund ihrer schneckenartigen Langsamkeit nicht erwischen konnte. So ließ sie sich durch Jeanys Knurren und Schnappen nicht beeindrucken. Sie machte sich nicht einmal die Mühe, einen Bogen um die Hündin zu machen, sondern stolzierte einfach vor ihrer Nase vorbei.

Diese Begegnungen verliefen immer gleich. Lisa strich bewusst gelangweilt am Körbchen, Jeanys bevorzugtem Platz, vorbei. Bemerkte der Hund sie nicht gleich, blieb die Katze einen Augenblick stehen. Jeany fuhr hoch, knurrte böse und schnappte nach der Katze, die schon längst weg war, worauf der Dackel noch eine Weile böse knurrte und sich dann mit einem resignierten Seufzer erneut in seinem Körbchen einmummelte.

Jeany hatte seit einiger Zeit unter epileptischen Anfällen zu leiden, die in unregelmäßigen Abständen kamen. Zwar erholte sich die Hündin innerhalb erstaunlich schneller Zeit davon, doch merkte man ihr das Alter immer mehr an.

„Sie werden sich damit abfinden müssen, sich irgendwann von dem Tier zu trennen", teilte der Tierarzt mir sachlich mit. „Sie hat bereits ein biblisches Alter erreicht. Viel kann ich nicht mehr machen."

Zunächst war ich geschockt, doch im Innersten musste ich dem Tierdoktor Recht geben. Jeany war inzwischen stolze 18 Jahre alt, was selbst für einen Dackel, einem kleinen Hund also, beachtlich ist.

Doch erholte sich die Hündin, wie erwähnt, jedes Mal innerhalb einer guten halben Stunde von den Anfällen. Sie fraß mit Appetit, vertrug ihr Futter gut und wackelte zum Gassi gehen immer noch hinter mir her.

Allerdings ging ich inzwischen mit beiden Hunden getrennt Gassi, denn soo langsam konnte Murphy sich beim besten Willen nicht fortbewegen.

***

An diesem Morgen erschien mir die alte Hündin erstaunlich munter. Sie wuselte um mich und Murphy herum.

„Na", lächelte ich. „Willst du, wie in alten Tagen, mit uns zusammen raus gehen?"

Ich wagte einen Versuch und Jeany hielt tapfer mit. Wir mussten zwar öfter auf sie warten, doch trabte sie mit ungewohnter Schnelligkeit hinter uns her. Auf dem Rückweg, fast vor unserer Haustür, brach die Hündin plötzlich zusammen und fiel auf die Seite.

Der Anfall kam in ungewohnter Stärke über sie und dauerte länger an als sonst. In der Regel versuchte Jeany sich kurz nach einem epileptischen Anfall wieder aufzusetzen. Jetzt blieb sie einfach liegen, drehte den Kopf und schaute in meine Richtung. Ich hockte auf dem Pflaster, streichelte sie beruhigend und wartete, bis sie einigermaßen bei sich war.

„Was meinst du, altes Mädchen", flüsterte ich. „Jetzt ist es wohl genug, was?"

Zu Hause angekommen rief ich den Tierarzt an, schilderte den Fall und bat um einen Termin.

„Das können wir heute noch machen", wurde mir gesagt, „aber sie müssten nach der Sprechstunde vorbeikommen."

So warteten wir auf den Nachmittag. Jeany lag in ihrem Körbchen und schaute aufmerksam in meine Richtung, wenn ich an ihr vorbeikam, mich zuweilen zu ihr setzte und sie streichelte. Fast war ich versucht den Termin abzusagen, doch im Inneren wusste ich, dass es die richtige Entscheidung war, den Hund einschläfern zu lassen. Sie hatte ein langes, erfülltes Leben hinter sich. Der Anfall heute war von großer Heftigkeit gewesen und weitere Quälereien wollte und musste ich dem Hund ersparen. Trotzdem war das die bisher schlimmste Entscheidung meines Lebens.

Am späten Nachmittag fuhr ich mit Jeany zum Tierarzt. Ich hielt sie im Wartezimmer auf dem Arm, denn sie zitterte, wie immer beim Tierarzt, ziemlich heftig.

Schließlich wurden wir ins Sprechzimmer gerufen. Wieder hielt ich den Hund im Arm und streichelte ihn beruhigend. Der Tierarzt gab der Hündin eine Spritze in die Vene der Vorderpfote und innerhalb von Minuten war Jeany eingeschlafen.

Ich war so aufgelöst, dass ich alles gar nicht richtig registrierte. Erst als der Tierarzt mich sanft an den Arm fasste und sagte: „So, die Kleine hat es hinter sich", wurde mir klar, dass meine Hündin bereits tot war.

Wieder zu Hause angekommen traf ich auf Alan, der sich etwas Ähnliches bereits gedacht hatte.

„Aber Schatz, warum hast du denn nicht angerufen? Ich wäre doch nach Hause gekommen und hätte dich zum Tierarzt begleitet."

Erst jetzt kamen mir die Tränen und ich heulte mich in seinem Arm aus.

Später, als ich wieder sprechen konnte, versuchte ich ihm zu erklären, warum ich ihn nicht benachrichtigt hatte.

„Weißt du, Alan, Jeany war ganz und gar mein Hund. Und wenn die Jungen auch den Vorschlag gemacht haben, sich ein Tier anzuschaffen, so habe ich sie mir ganz allein ausgesucht. Sie war ein besonderes Tier für mich, fast eine Freundin. Oft hat sie mich getröstet, wenn es mir nicht gut ging. Das hat sie immer sofort gemerkt und hat sich zu mir gelegt. Die Entscheidung ist mir verdammt schwergefallen, aber sie hat mir bei diesem letzten, schlimmen Anfall zu verstehen gegeben, dass es genug war. Ich war es ihr schuldig, sie bis zum Schluss zu begleiten. Das wollte ich für sie tun, und zwar ganz allein. Ich hoffe du verstehst mich, denn besser kann ich mein Verhalten nicht erklären."

***

Jeany fehlte ganz furchtbar und nicht nur mir. Auch Murphy schien untröstlich zu sein. Er fraß nicht mehr gescheit, verlor an Gewicht. Er war unstet, suchte ständig das Haus ab oder lag apathisch in seinem Körbchen. Beim Gassi gehen versuchte er sich so schnell wie möglich zu lösen, um dann sofort wieder nach Hause zu laufen.

Auch ich ließ den Kopf hängen und

obwohl wir Jeanys Körbchen wegge-
packt hatten, erinnerte alles an sie.
Ständig hörte ich das Getrappel ihrer
Pfoten hinter mir. Das konnte so nicht
weiter gehen und meine bessere Hälfte
fasste einen Entschluss.

Emma

Jeany war inzwischen fast drei Monate
tot, doch wir trauerten immer noch um
sie.

An einem Nachmittag, kurz vor Weih-
nachten, kam Alan früher als gewöhnlich von der Arbeit nach Hause.

„Nanu", wunderte ich mich. „Du bist
aber heute früh dran. Ist alles in Ordnung mit dir?"

Alan nahm mich in den Arm. „Klar ist
alles in Ordnung. Ich möchte dir etwas
zeigen und Murphy muss auch mitkommen. Eigentlich sollte es dein
Weihnachtsgeschenk werden, aber so
lange kann es nicht warten."

Diese rätselhaften Worte machten mich
neugierig und ich stieg gespannt ins Auto. Alan fuhr, ohne weiter auf meine

neugierigen Fragen einzugehen, mit uns durch die Bauernschaft.

An einem abgelegenen, riesengroßen Gehöft hielt er an. Aus vielen verschiedenen Gebäuden erklang Hundegebell. Alan wandte sich mir zu.

„Schatz, ich weiß genau, wie sehr du an Jeany gehangen hast und das sie dir fehlt. Deshalb habe ich mir ein ganz besonderes Weihnachtsgeschenk für dich ausgedacht. Wie du hören kannst, sind wir hier bei einem Züchter, der auf Beagle und Dackel spezialisiert ist. Ich denke mal, es sollte ein Dackel sein, oder? Die Welpen des letzten Wurfs sind im richtigen Alter. Willst du sie dir einmal anschauen?"

Er wandte er sich dem aufgeregt herumschwänzelnden Murphy zu. „Du solltest vielleicht auch ein Wörtchen mitzureden haben, Partner! Aber jetzt bleibst du erst einmal im Auto."

Überwältigt stieg ich aus dem Wagen und wir gingen zum Haupthaus des Gehöfts. Dort erwartete uns eine Frau. „Guten Tag", wandte sich Alan ihr zu. „Wir haben einen Termin um uns die Dackelwelpen anzuschauen."

Die Züchterin nickte. „Ja, sicher. Wenn sie mitkommen, so gehen wir einmal herum und gucken, welche Tiere sie sich näher anschauen möchten."

Die Frau führte uns zu einem der großen Nebengebäude. Hier gab es verschiedene Verschläge, in denen es von Hunden nur so wimmelte. „Was soll es denn sein, ein Rüde oder eine Hündin?"

„Ich denke es sollte ein Mädchen sein", antwortete Alan mit einem Seitenblick auf mich.

„Eine Hündin, dann wollen wir doch mal sehen", mit diesen Worten beugte sich die Frau in einen der Verschläge und hob einen Welpen hoch. „Wie wäre es mit diesem Tier oder wollen sie lieber selbst mal ...?"

Ich fühlte mich ein wenig überfordert, denn die Menge der Hunde erschlug mich schier.

„Nehmen sie mal", sagte die Frau und drückte mir den kleinen Hund in den Arm. „Hier, diese Hündin ist auch ganz schön."

Ein weiteres Tier wurde Alan gereicht. „Und diese und hier, die ist ganz prachtvoll. Es wird das Beste sein, wenn wie mal in den Verkaufsraum gehen, dort können sie sich die Tiere in Ruhe anschauen. Alle haben einen Stammbaum, die Eltern können sie sich gerne ansehen. Unsere Tiere sind geimpft, entwurmt und tadellos."

Wir folgten, jeder mit einem kleinen, zappelnden Welpen auf dem Arm. Als wir das Gebäude fast verlassen hatten, kamen wir an einem Verschlag vorbei, aus dem mich ein schon etwas älterer Dackel aufmerksam aus großen Mandelaugen anschaute. Ich blieb stehen. „Ist das auch eine Hündin?", fragte ich und wies auf das Tier. Die Züchterin stockte. „Ach die, ja, allerdings. Wollen sie die auch ansehen?" Wieder beugte sich die Frau über den Verschlag, packte das Tier und ging mit nun drei Welpen auf dem Arm in Richtung Haupthaus.

Im Verkaufsraum angekommen setzten wir die fünf Tiere in einem kleinen niedrigen Verschlag ab. Alan ging zur Tür.

„Ich hole unseren Dackelrüden mal hinzu", grinste er. „Der soll sich die Bescherung auch anschauen."

Fasziniert betrachtete ich das Dackelgewimmel. Die Welpen purzelten, sichtlich verwirrt, durcheinander, fassten sich aber erstaunlich schnell und versuchten aus dem Verschlag zu klettern. Das war nicht so schwierig, denn es handelte sich um eine vielleicht 12 cm hohe Barriere.

Inzwischen war Alan mit Murphy wiedergekommen. Unser Rüde betrachtete misstrauisch das ungewohnte Bild. Ehe er sich fassen konnte, hatten die Welpen die Barriere gekapert und stürzten sich nach dem Motto: „Gemeinsam sind wir stark", auf den armen Murphy.

Während eines der vorwitzigen Tiere versuchte, ihn ins Ohr zu zwicken verbiss sich ein weiteres in seinen Schwanz. Auch die anderen stürzten sich auf ihn. Murphy hatte alle Pfoten voll damit zu tun, die vorwitzige Bande in Schach zu halten.

Das Bild, welches sich uns bot war zu witzig. Murphy schien ob der Übermacht zu verzweifeln.

Doch halt - das Dackelmädchen mit den seltsamen Mandelaugen beteiligte sich nicht, sondern saß ganz schüchtern in einer Ecke. Ich nahm es auf den Arm. „Na, du bist ja eine ganz Ängstliche, was?" Das Tier blinzelte mich treuherzig an.

„Was hältst du denn von diesem kleinen Frechdachs?", fragte Alan und wies auf ein Tier, das sich bemühte, Murphy wieder am Schwanz zu erwischen. Ich schaute mir das Tier aufmerksam an. „Es tut mir leid, aber das geht gar nicht, denn die Kleine sieht fast genau so aus wie Jeany. Das möchte ich nicht, denn es soll ja kein Ersatz für sie sein."

Ich streichelte weiter das kleine Mandelauge, welches in meinem Arm eingeschlafen war. „Aber die Hündin hier gefällt mir, sie scheint ein sehr ruhiges Tier zu sein."

„Die wollen sie doch nicht wirklich haben, oder?", mischte sich die resolute Züchterin ein. „Die ist schon zwölf Wochen alt und immer noch hier. Wenn sie genau schauen, dann sehen sie, dass ihr am rechten Ohr ein Stück fehlt. Das hat ihr die Mutter nach der Geburt abgebissen, ehe ich es verhindern konnte. Sie ist also nicht zur Zucht geeignet."

„Ach herrje, züchten wollen wir sowieso nicht mit den Hunden", erklärte Alan.

„Na dann", die Frau zuckte die Schultern. „Ich dachte nur, weil sie ja einen Rüden haben. Das jedenfalls ist Silke, Silke von der Hirschweide. Wenn sie den Hund wirklich kaufen wollen, so mache ich ihnen einen Sonderpreis."

Ich betrachtete Silkes Ohren genauer und tatsächlich war das eine etwas schmaler, was nicht besonders auffiel, weil die Ohren von langen Haaren umgeben waren. Allerdings sah das nicht unbedingt nach einem Biss aus, eher nach einer angeborenen Verkrüppelung. Das kleine Tier ließ sich nicht stören, schmiegte sich vertrauensvoll in meinen Arm und begann leise zu schnarchen.

„Ja, genau dieser Hund soll es sein und mir ist egal, ob ihm ein Stück vom Ohr fehlt. Das arme Tier, was war das bloß für eine Mutter!"

„Gut, dann sind wir uns einig. Ich mache alles fertig", die Züchterin ging nicht weiter auf meine Bemerkung ein. Sie schien froh zu sein, den Hund los zu werden. „Setzen sie den Welpen mal hier ab, dann kann ich ihr noch schnell die Ohren sauber machen", sie wies auf den Verkaufstresen. „Aber erst mal bringe ich die anderen Welpen zurück."

Später, auf dem Heimweg, grinste Alan mich spitzbübisch an.

„Spätestens als die Züchterin gesagt hat: ‚Den Hund möchten sie doch bestimmt nicht haben' wusste ich, dass du genau dieses Tier nehmen würdest."

Ich grinste zurück. „Du kennst mich genau, nicht wahr. Ob die Geschichte mit dem angebissenen Ohr wirklich stimmt? Das wäre ja schrecklich."

„Nun, eigentlich kommt das nicht vor", antwortete Alan nachdenklich. „Es sei denn, die Hündin stand unter großem Stress. Gerade bei einem Züchter ist das ungewöhnlich, weil die Tiere ja eine Wesensprüfung machen. Wir werden das im Nachhinein nicht mehr feststellen könne. Vielleicht ist das eine Ohr einfach ein wenig kleiner, das soll es ja geben. Mein Opa zum Beispiel ..."

Ich unterbrach ihn. „Jetzt komm mir nicht wieder mit deinem Opa mit den verschieden großen Ohren, mit denen er wackeln konnte wie Dumbo. Ich bin froh, dass mir die Kleine gleich aufgefallen ist. Sie sieht Jeany überhaupt nicht ähnlich und das ist auch gut so. Wie ich bereits sagte, will ich keinen Ersatzhund. Jedes Tier ist auf seine Art einmalig und Jeany war schon eine ganz Besondere, genau so wie diese kleine Hündin. Ist sie nicht friedlich."

Ich strich dem Tier, das auf meinem Schoß leise schnarchte, sacht über den Rücken. „Aber sag mal, Silke ist ja ein ziemlich beknackter Name für einen Dackel. Was meinst du?"

Alan nickte zustimmend. „Da gebe ich dir Recht. Wir sollen die Kleine umtaufen. Du hast sie ausgesucht, du musst ihr auch den passenden Namen geben."

„Emma", ich musste gar nicht lange überlegen, denn dieser Name passte ausgezeichnet. Emma hob kurz den Kopf, drehte sich auf die Seite und schnorchelte friedlich weiter. „Siehst du, sie hört schon auf ihren neuen Namen", lächelte ich.

„Emma und Murphy, das passt", stellte Alan fest. Er schaute in den Rückspiegel, wo er Murphy sehen konnte, der es sich auf dem Rücksitz bequem gemacht hatte und sich von den Strapazen der Welpenbändigung erholte.

„Was meinst du, Partner, da hat Frauchen wirklich ein total ruhiges und schüchternes Mädchen ausgesucht, was. Die Kleine hat dich in Ruhe gelassen, im Gegensatz zu ihren kessen Schwestern."

Murphy blinzelte verschlafen, fast schien er seinem Herrchen zuzustimmen.

***

Emma brauchte nicht lange, um uns davon zu überzeugen, dass sie weder schüchtern noch ruhig war. Im Gegenteil - sie entpuppte sich von Tag zu Tag mehr, denn sie war ein Irrwisch, der nur Unsinn im Sinn hatte, Murphy ständig ärgerte und sich zudem als völlig erziehungsresistent erwies. Diese Lernschwäche kam daher, dass sie, um es vorsichtig auszudrücken, nicht besonders schnell begriff.

Zu Hause angekommen war sie sofort in Murphys Körbchen gehopst, hatte sich in seine Decke gekuschelt und

knurrte ihn leise an, sobald er sich ihr
näherte. Erstaunlicherweise akzeptierte
der Rüde dieses Verhalten. Nach einem
vorwurfsvollen Blick in unsere Richtung verzog er sich auf einen kleinen
Teppich.

Alan und ich schauten uns verblüfft an.
„Soll sie heute ruhig in Murphys Körbchen schlafen, wenn er sich für heute
mit dem Teppich begnügt. Morgen bekommt sie einen eigenen Schlafplatz,
dann wird sich das Problem erledigt haben", stellte ich optimistisch fest. „Vielleicht ist es auch ganz gut, dass sie
gleich eingeschlafen ist, sonst jammert
sie nachher die ganze Nacht durch vor
lauter Heimweh."

Am nächsten Morgen bekam Emma
zwar ein eigenes Körbchen mit einer
kuschelweichen Decke, doch das ignorierte sie vollständig, denn sie hatte eine
wunderbare Schlafhöhle entdeckt: Lisas
Katzenkorb. Wie schon am Abend vorher nahm sie diesen Platz wie selbstverständlich in Beschlag. Doch statt, wie
sie es mit Murphy getan hatte, die Katze
durch ihr Knurren zu verscheuchen, hatte sie nichts dagegen, mit Lisa zusam-

men im Katzenkorb zu schlafen.

Auch das Verhalten der Katze verwunderte uns sehr. Lisa akzeptierte die Hündin vom ersten Augenblick an und es entwickelte sich eine wunderbare Freundschaft zwischen Hund und Katze.

Oft lagen die beiden einträchtig im Katzenkorb nebeneinander. Emma hatte ihren Kopf auf Lisas Rücken gelegt und beide schnarchten um die Wette. Hündin und Katze balgten freundschaftlich miteinander, wobei sich Lisa, wenn es ihr zu arg wurde, einfach an einen höher gelegenen Ort zurückzog. Die verblüffte Emma bekam das nicht wirklich mit und suchte die Katze noch eine Weile.

Auch gewöhnte Lisa es sich an, uns bei unseren Gassi Runden zu begleiten. Zuweilen lief sie zwischen den Hunden her und es sah so aus, als ob ich zwei Dackel und eine Katze an der Leine hätte.

Bei einem dieser Rundgänge kam uns ein kleiner Junge mit seinem Fahrrad entgegen. Er stutzte kurz, fuhr dann an uns vorbei, wobei er sich den Kopf nach meinem Dreiergespann verdrehte. Kein Wunder, dass er vom Weg abkam und mit dem Fahrrad im Gebüsch landete. Ich spurtete zu ihm hin.

„Hast du dir wehgetan", fragte ich besorgt und half ihm auf. Er fuhr sich mit dem Ärmel über das Gesicht, zog die Nase hoch und richtete sein Fahrrad wieder auf.

„Wo ist die Katze? Ich möchte mal hören, wie sie bellt", sagte er und sah sich suchend nach Lisa um, die sich im Gebüsch in Sicherheit gebracht hatte.

***

Murphy ertrug Emmas Eskapaden mit der angemessen Würde eines Dackelrüden im besten Alter. Er zeigte sich ihr gegenüber besonders langmütig, ließ sich von seinem Futternapf abdrängen und überließ ihr sein Lieblingsspielzeug, ohne sich auch nur einmal gegen sie durchzusetzen.

Mich brachte unser neuer Familienzuwachs zur Verzweiflung, denn er kaute alles an, was er finden konnte. Eigentlich hatte ich gedacht, dass mich nach Murphys Welpenzeit mit angeknabberten Tischbeinen und angekauten Schuhen nichts mehr aus der Fassung bringen könnte, doch Emma stellte den Rüden locker in den Schatten. Nichts war vor ihr sicher: Schuhe, Schrankecken, Tisch - und Stuhlbeine. Natürlich zog sie in einem unbeobachteten Augenblick Tapete von der Korridorwand und fraß die gestrichene Raufaser auch noch auf. Erstaunlicherweise bekam ihr die Tapete gut.

Besonders schmutzige Wäsche hatte es ihr angetan. Es verging kein Waschtag, an dem sie es nicht schaffte, getragene Socken zu ergattern. Mit ihrer Beute zog sie sich dann in eine Ecke zurück und kaute genüsslich darauf.

Ansonsten gehorchte sie selbst für einen Dackel ausgesprochen schlecht.

Zugegeben, ich war durch Murphy verwöhnt; er hörte fast aufs Wort, kam wenn man ihn rief. Er befolgte problemlos Kommandos wie „Sitz" und „Platz" und lief abgeleint neben mir her ohne sich auch nur ein Mal selbstständig zu machen. Scheinbar fehlte ihm der Jagdtrieb gänzlich, denn er ignorierte alle potenziellen Beutetiere.

Auf einem Spaziergang durch einen Park hüpfte uns einmal ein Jungvogel über den Weg, der wohl noch nicht fliegen konnte. Murphy, abgeleint, näherte sich dem zitternden Tier, schnüffelte kurz am Kopf des kleinen Vogels und wandte sich uninteressiert ab.

Das war bei Emma völlig anders. Sie machte sich, wann immer sich die Gelegenheit ergab, selbstständig und kam nicht mehr zurück, wie es eigentlich für einen Hund normal ist.

Ich hatte sie, als sie älter wurde, in meiner Naivität einmal von der Leine gelassen, was sie zum Anlass nahm um sofort Fersengeld zu geben. Alles Rufen halt nicht, das Tier ignorierte mich. Also rannte ich, so schnell ich konnte, hinterher, musste aber feststellen, dass selbst ein Dackel schneller ist als ich. Bald war Emma außer Sichtweite.

Murphy, der mir entzückt gefolgt war, legte mir freudig schwänzelt seinen Ball vor die Füße. Er vermutete wohl ein ganz neues Fang - und Rennspiel. Ich ignorierte den Rüden, der sich enttäuscht abwandte und sich damit amü-

sierte, dass er seinen Ball in einen kleinen Wasserlauf rollen ließ, hinterher-
sprang und im Wasser herumplanschte.

„Wir befinden uns in einem großen
Parkgelände", dachte ich. „Am besten
wird es sein wenn du hier wartest, der
Hund kommt ja wieder."

Also wartete ich - und wartete - aber
Emma war und blieb verschwunden.

Langsam wurde es mir mulmig. Ich rief
Murphy und ging in die Richtung, in die
sie davon gestürmt war. Ein älterer Herr
mit einem Terrier an der Leine kam mir
entgegen. Er schaute mich prüfend an.
„Suchen sie vielleicht einen Dackel?",
fragte er.

Ich atmete auf. „Ja, genau. Meine Dackelhündin ist mir abhanden gekommen."

„Dann müssen sie ganz durch den
Park", er wies in eine Richtung. „Am
anderen Ende stehen ja einige Häuser.
Dort habe ich den Hund gesehen, er hat
ein paar Leuten beim Autowaschen zu-
gesehen, ich glaube es war das Haus
Nummer Acht."

„Ah-ha", dieser merkwürdigen Be-
schreibung folgend gelangte ich bald an

das bezeichnete Haus. Wirklich waren dort ein Mann und eine Frau dabei, ihr Auto zu reinigen. Auf meine Frage grinsten sie sich an.

„Ja, ein Dackel ist uns gerade zugelaufen. Er ist einfach ins offen stehende Haus spaziert, hat unseren Oscar aus seinem Körbchen verdrängt und liegt jetzt selbst darin."

Im Haus fand ich meine Emma schnarchend in einem riesigen Körbchen. Oscar, ein Boxer, lag davor und guckte ziemlich traurig aus der Wäsche.

***

Diese Lektion hatte ich also gelernt und leinte Emma nur noch ab, wenn ich der Meinung war, dass ich die Situation im Griff hätte. Doch Emmas Freiheitsdrang war kaum zu stoppen, was ich bald erfahren sollte.

Wir standen nach einem ausgedehnten Morgenspaziergang vor unserer Haustür. Ich sah den Postwagen gerade wegfahren.

„Das ist ja prima, die Post war auch schon da", dachte ich und kramte nach meinem Schlüssel. Irgendwie störten die zwei Hundeleinen dabei.

„Sitz!", befahl ich resolut. Die Dackel setzten sich prompt hin und schauten mich aufmerksam an. Das klappte ja prima.

„Feiner Hund, da soll noch einer sagen du gehorchst nicht", lobte ich, denn Emma blieb tatsächlich schwanzwedelnd sitzen. Von diesem Erfolg übermütig geworden ließ ich die Hundeleinen fahren, um kurz den Briefkasten zu öffnen.

„Schön sitzen bleiben, guter Hund", murmelte ich, während ich nach der Post angelte. „So eine brave Emma!"

Ich bückte mich, um die Leinen wieder aufzunehmen. Murphy saß immer noch treu und brav an seinem Platz, von Emma und ihrer Leine fehlte jede Spur. Offenbar hatte sie den Augenblick der Unaufmerksamkeit genutzt, um sich selbstständig zu machen.

Ich schaute mich suchend um, ging mit Murphy ein Stück die Straße entlang, denn weit konnte die Ausreißerin nicht gekommen sein, dachte ich. Doch trotz intensiver Suche war und blieb der Dackel verschwunden.

Leicht panisch alarmierte ich Tobias. „Nur die Ruhe, Mama", versuchte er mich zu beruhigen. „Du gehst den normalen Weg, den ihr immer nehmt ab und ich schaue mal in der entgegengesetzten Richtung. Der bescheuerte Dackel sitzt bestimmt irgendwo im Gebüsch und lacht sich ins Fäustchen."

Wir suchten die gesamte Umgebung ab, doch alle Bemühungen blieben erfolglos.

„Was mache ich denn bloß? Von unserer Haustür aus ist es ja nicht so furchtbar weit bis zur Straße. Nicht auszudenken, wenn der Hund in diese Richtung gelaufen ist und anschließend vielleicht auf die Hauptstraße", klagte ich.

„Das glaube ich nicht, Mama. Dort gehst du doch nie mit ihm entlang. Vielleicht ist er wieder in irgendein Haus gelaufen, oder so. Warum rufst du nicht bei der Gemeinde an. Eventuell hat sich schon jemand gemeldet, weil er einen Hund zu viel im Haus hat."

Tobias war wirklich nicht aus der Ruhe zu bringen, doch der Ratschlag war gut. So rief ich bei der Gemeindeverwaltung an und schilderte den Fall.

„Es ist gut, dass sie anrufen", wurde mir mitgeteilt. „Ihr Hund befindet sich in der ortsansässigen Fahrschule. Es ist gerade angerufen worden, weil dort ein schlafender Dackel mit anhängiger Leine gefunden worden ist."

Wie sich herausstellte, war das Dackelmädchen in einem unbemerkten Augenblick durch die offene Tür in die, wirklich an der Hauptstraße gelegene, Fahrschule stolziert. Dort hatte es sich unter dem Schreibtisch bequem gemacht, war prompt eingeschlafen und erst durch lautes Schnarchen entdeckt wurden.

Nach diesem Vorfall nahm ich mir fest vor, Emma nie wieder aus den Augen zu lassen, jedenfalls wenn wir uns nicht auf unserem gut eingezäunten Grundstück befanden.

Ich staunte nicht schlecht, als mich die gleich nebenan eingezogene Nachbarin ansprach: „Sagen sie mal, sie haben doch zwei Dackel, nicht wahr? Haben sie am letzten Samstag den einen davon vermisst? Ich glaube nämlich, dass er an unserer Einweihungsfete teilgenommen hat."

Inzwischen hatte sich die ausgesprochen neugierige Emma zu mir an den Gartenzaun gestellt. Die Nachbarin musterte den Hund eingehend.

„Ja klar, das war der Dackel. Das hatte ich mir fast gedacht." Sie wandte sich Emma zu. „Na, immer noch sauer?", grinste sie und erzählte mir lachend die erstaunliche Geschichte:

Die Einweihungsfete war richtig in Gang gekommen, da tauchte dieser kleine Hund auf.

„Zu irgendwem wird er schon gehören!" Das dachte eigentlich jeder und fütterte das niedliche Hündchen mit allerlei Leckereien, denn das Tier hatte sich strategisch günstig am kalten Buffet platziert. Das ging eine ganze Weile so, dann schien beim besten Willen nichts mehr in den Dackelmagen hinein zu passen.

So begab sich der Hund in die oberen Räumlichkeiten und machte es sich auf dem Ehebett, zwischen der abgelegten Garderobe der Gäste, bequem.

Die Nachbarin fand den schlafenden

Dackel und weil ihr die ganze Sache langsam suspekt vorkam, fragte sie ihre Gäste nach dem Tier. Es stellte sich heraus, dass es zu niemandem gehörte. Die entrüstete Gastgeberin nahm den dreisten Eindringling beim Wickel und warf ihn kurzerhand hinaus.

„...und stellen sie sich vor, in der Tür dreht sich der Dackel noch einmal um, schaut mich an und schnauft entrüstet durch die Nase", beendet die Nachbarin die Geschichte mit einem amüsierten grinsen.

„Und sie sind sicher, dass es dieser Hund war?", stammele ich verblüfft „Ja, aber, wie soll das Tier denn bloß auf ihr Grundstück gekommen sein? Der Garten ist doch mit Kaninchendraht und einem Zaun gesichert ...", hier verstumme ich abrupt, denn Emma befand sich bereits auf der anderen Seite des Zaunes, saß vor der neuen Nachbarin und hob zierlich das Pfötchen.

***

Das war eine ihrer neuen Marotten, sie hob bei jeder Gelegenheit die Pfote, nur nicht, wenn ich es ihr befahl. Ich hatte vor einiger Zeit den Ehrgeiz entwickelt, ihr beizubringen auf das Kommando „Gib Pfötchen" ihre Vorderpfote in meine Hand zu legen. Dazu hatte ich mich, mit einem Beutel Hundeschokolade bewaffnet in den Garten begeben. Die Dackel, die eine außerplanmäßige Belohnung witterten folgten mir auf dem Fuß. Ich bückte mich.

„Gib Pfötchen, ja, fein!"

Brav legte Murphy, der diese Übung schon lange beherrschte, seine Pfote in meine Hand und kassierte dafür ein Stück Hundeschokolade. Ich wandte mich voller Elan dem Dackelmädchen zu, denn bei diesem Vorbild musste der Trick ja schnell zu lernen sein.

"Emma, gib schön Pfötchen!"

Emma schaute zuerst mich und dann die Schokolade aufmerksam an und leckte sich die Lefzen. Sie dachte allerdings nicht daran, mir ihre Pfote entgegenzustrecken.

Alan, der mir amüsiert zugeschaut hatte, mischte sich ein. „Das lernt sie nie. Dieses Tier ist einfach strohdumm, das solltest du inzwischen begriffen haben."

„Du bist so gemein! Emmachen ist

überhaupt nicht dumm, jedenfalls nicht so dumm! Sie braucht nur etwas länger um eine Übung zu verinnerlichen."

„Verinnerlichen?", Alan grinste. „Die verinnerlicht höchstens, wo der Futternapf steht und das nur mit Müh und Not."

Insgeheim musste ich ihm Recht geben, doch wollte ich so schnell nicht klein beigeben, zumal Alan sich über uns lustig machte. Also trumpfte ich auf. „Wetten, dass sie die Übung heute lernt!"

Wieder grinste Alan diabolisch. „Die Wette gilt, wenn du gewinnst, dann lade ich dich zum Essen ein. Wenn du verlierst ... schau'n wir mal."

„Die Wette verlierst du, mein Lieber!" Obwohl ich mich siegessicher gab, war ich noch nicht davon überzeugt, diese Wette zu gewinnen. Selbst ich hatte mit der Zeit bemerkt, dass meine Emma alle Anzeichen einer Lernschwäche zeigte, um es einmal so auszudrücken. Situationen, die Murphy mit Bravour bewältigte, überforderten sie gnadenlos. Sicher konnte sie lieb, anschmiegsam und ziemlich gehorsam sein. Zudem hatte sie ein fast unheimliches Feeling für meine Stimmungen, doch sie war einfach nicht die Hellste. Hinzu kam, dass sie mit der Zeit einen kapitalen Silberblick entwickelte. Wenn sie unter Stress geriet, so schielte sie so heftig, dass es nicht auszumachen war, in welche Richtung sie nun wirklich schaute.

Trotzdem hätte ich die Kleine für kein Geld der Welt eingetauscht, auch nicht gegen einen Einstein im Hundepelz.

Jedenfalls war jetzt mein Ehrgeiz geweckt. Ich zog mich mit Emma und dem Beutel Hundeschokolade in eine ruhige Ecke zurück, der Hund sollte nicht abgelenkt werden. Ich tat mein Bestes, gab das Kommando, hob die Pfote an, lobte, fütterte Emma mit Schokolade, wenn sie auch nur ansatzweise reagierte.

Ab und zu gesellte sich Murphy zu uns, setzte sich vor mich, hob ungefragt die Pfote, kassierte ein Leckerchen und trollte sich wieder.

Schließlich gab ich meine Bemühungen entnervt auf. Emma hatte beschlossen, nicht mehr auf mein unverständliches Getue zu reagieren. Sie legte sich gemütlich ins Gras und machte ein Nickerchen.

„Na ha, alles im Griff?" Alan guckte schadenfroh aus der Wäsche, als ich um die Ecke kam.

„Ja, sicher, nachher zeigen wir dir schon, was wir für Tricks auf Lager haben."

So schnell wollte ich ihm seinen Triumph nicht gönnen. Vielleicht geschah ein Wunder und Emma würde plötzlich verstehen, was ich von ihr wollte.

Am Nachmittag beschlossen wir, einen Spaziergang durch den Park zu machen. Während Murphy brav neben uns her taperte, hatte ich Emma, wie immer, angeleint.

„Tja, mein Murphy ist schon sehr pflegeleicht." Alan wollte es heute auf die Spitze treiben. „Wann zeigst du mir denn Emmas neuen Trick. Oder musst du noch 365 Tage und 500 Beutel Schokolade lang üben, bis sie begriffen hat?"

Wut machte sich in mir breit, zumal ich ja eigentlich wusste, dass er Recht hatte.

„Dir werde ich's schon zeigen!"

Entschlossen leinte ich Emma ab. Die

witterte Freiheit und gab erst einmal Fersengeld.

„Emmachen, komm schön her", rief ich und traute meinen Augen nicht, denn der Hund blieb wirklich stehen, wandte sich mir zu, setzte sich, legte den Kopf schief und - hob seine Pfote.

Lilly

„Hast du die Katze gesehen?", fragte Alan mich beunruhigt. „Sie ist doch sonst immer zur Fütterungszeit hier."

Lisa hatte es sich angewöhnt, Alan an der Haustür zu empfangen, wenn er von der Arbeit kam. Dann fütterte er sein Lieblingstier, gab ihm die nötigen Streicheleinheiten und der Tag war für Katze und Herrchen gerettet. Heute fehlte jede Spur von unserem Samtpfötchen. Ich überlegte.

„Wenn ich es so recht bedenke, dann habe ich die Katze seit dem Mittag überhaupt noch nicht wieder gesehen. Sie wird wohl gleich kommen, vielleicht ist sie von einer Maus aufgehalten worden."

Lisa beschenkte uns in der letzen Zeit besonders reich mit Mäusen.

Alan runzelte die Stirn. „Ich weiß nicht, ich habe ein ganz schlechtes Gefühl. Es wird ja wohl nichts passiert sein."

„Du oller Pessimist. Die Katze ist ein Freigänger. Da kommt es schon mal vor, dass sie für ein paar Stunden verschwindet."

Doch Lisa ließ sich nicht blicken. Nicht am Abend und auch nicht an folgenden Morgen.

„Es ist etwas geschehen", meinte Alan. „Ich habe das im Gefühl."

Ich versuchte ihn zu trösten. „Ich suche sie und nehme die Hunde mit. Wir werden die Katze schon finden. Aber bestimmt kommt sie sowieso gleich um die Ecke. Sie lässt sich manchmal den ganzen Tag nicht blicken und kommt dann quietschvergnügt nach Hause, ehrlich."

Aber obwohl ich mich optimistisch gab, hatte auch ich ein sehr ungutes Gefühl.

„Ich weiß, dass Lisa nicht mehr lebt!" Alan war am Nachmittag niedergeschlagen von der Arbeit gekommen.

„Woher willst du das wissen? Sicher ist es ungewöhnlich, dass sie sich so gar nicht blicken lässt, aber du unkst gleich herum. Das geht doch nicht."

Ich wollte das Offensichtliche nicht wahrhaben. Doch hatte ich an diesem Tag mehrfach, mit den Hunden zusammen, die Umgebung abgesucht ohne unsere Katze zu finden.

Alan zog sich entschlossen seine Jacke über. „Ich gehe jetzt an der Hauptstraße entlang. Das ist zwar etwas weiter entfernt, aber vielleicht finde ich sie dort."

Er fand unser Kätzchen tatsächlich, Lisa war bis zur Hauptstraße gelaufen und hatte versucht sie zu überqueren, aus welchem Grund auch immer. Sie war angefahren worden und hatte sich in ein Gebüsch geschleppt, wo sie verendet war. Alan brachte sie nach Hause und wir beerdigten sie in unserem Garten.

***

Alan war tieftraurig, denn er hatte sehr an dem Tier gehangen. Auch mir tat es leid, dass Lisa durch so unglückliche Umstände ums Leben gekommen war, doch trauerte ich nicht so sehr wie er.

Ich konnte ihn gut verstehen, denn der Tod meiner alten Dackeldame hatte mir genauso zu schaffen gemacht. Ich ließ ihn erst einmal in Ruhe.

Zu meiner Verwunderung stellte ich fest, dass die Katze auch mir sehr fehlte und so machte ich ihm nach einiger Zeit einen Vorschlag: „Ich weiß, dass du noch immer um unsere Lisa trauerst, doch vielleicht sollten wir uns trotzdem nach einer anderen Katze umsehen."

Alan schaute mich einen Augenblick verdutzt an. „Ich dachte du möchtest keine Katze mehr haben? Das hast du doch groß und breit erklärt."

„Ach Schatz, ich sehe doch, wie du das Tier vermisst. Klar habe ich öfter über die Katze geschimpft, wenn sie tote Mäuse und Vögel ins Haus getragen hat. Doch im Grunde meines Herzens hatte ich sie gern. Irgendwie fehlt in unserem Haushalt jemand der schnurrend um die Ecke streicht, sich lauthals beschwert, weil der Futternapf schon wieder leer ist und seine Krallen an meinem Lieblingssessel schärft. Wenn du also möchtest ... Die Gelegenheit kommt vielleicht nie wieder."

„Na gut, wir können ja mal gucken, wahrscheinlich findet sich sowieso kein Kätzchen, dass unsere Lisa ersetzen kann", seufzte Alan depressiv. So machten wir uns auf den Weg, um im örtlichen Tierheim nach einem geeigneten Tier Ausschau zu halten.

„Sie interessieren sich also für eine Katze, davon haben wir hier genug", meinte die freundliche, doch resolute Mitarbeiterin im Tierheim. „Und ihre Katze ist also überfahren worden? Dann leben sie also an einer stark befahrenen Straße? Zudem haben sie auch noch Hunde? Ja gut, dann kommt für sie eigentlich nur ein älteres Tier infrage, das in seinem Aktionsradius stark eingeschränkt ist und sich durch ihre Hunde nicht aus der Ruhe bringen lässt."
Hier musste die Dame Luft holen, was mir Gelegenheit gab, auch etwas zu sagen.
„Unser Haus steht in einem reinen Wohngebiet mit angrenzendem Park- und Waldgelände. Natürlich gibt es eine größere Straße, öfter befahrene Straße, doch die ist etwas weiter entfernt."

„Im Übrigen möchten wir nicht unbedingt eine ältere Katze", meldete sich Alan zu Wort. „Es sollte doch lieber ein jüngeres Tier sein. Unsere Dackel werden keine Probleme machen, sie sind an Katzen gewöhnt.

„So, so", die Dame runzelte missbilligend die Augenbrauen. „Dann kommen sie mal mit", mit einem energischen Winken bedeutete sie uns, ihr zu folgen. Im Katzenhaus angekommen hielt sie vor der ersten Tür an. „Hier ist Crazy, dieses Tier würde ich ihnen empfehlen. Sie ist schon länger hier, denn sie ist ein sehr selbstbewusstes Tier, das sich mit keiner anderen Katze verträgt."

Nach einem kurzen Blick in unsere ratlosen Gesichter fügte sie hinzu: „Aber sie kann sehr lieb und anschmiegsam sein. Wollen sie ihr eine Chance geben?"

„Ja - ha", zögernd betraten wir das Zimmer, in dem uns eine furchtbar dicke Katze von ihrem Kratzbaum aus misstrauisch fixierte.

„Boh, ist die fett", entfuhr es mir.

„Nun, Crazy hat ein wenig zugelegt, doch wenn sie bei ihnen den nötigen

Auslauf bekommt, so wird sie bestimmt wieder dünner."

Zweifelnd musterte ich das Tier. Der Kopf erschien im Gegensatz zum Körper winzig, der kugelrunde Leib sah aus wie aufgepumpt. Mit einem erstaunlich eleganten Sprung landete Crazy vor unseren Füßen, wo sie sich niederließ und uns mit starrem Blick beobachtete.„Ich lasse sie einen Moment allein, vielleicht möchten sie sich ungestört miteinander vertraut machen!", mit diesen Worten wurden wir tatsächlich allein gelassen. Während Crazy uns weiterhin fixierte, ging Alan vor ihr in die Hocke.

„Na, du", murmelte er sanft und steckte seine Hand vorsichtig aus um die Katze zu kraulen. „Aua!" Schnell zog er die Hand, auf der sich jetzt ein blutiger Kratzer befand, zurück. Crazy hatte sich kaum bewegt, nur einmal mit der Vorderpfote ausgeholt und Alan so ihre Meinung über plötzliche Streicheleinheiten kundgetan. Anschließend drehte sie sich hoheitsvoll um, setzte zum Sprung an und verschwand in ihrem Katzenkorb, um uns aus der Öffnung heraus weiter missmutig zu beobachten.

„Also wirklich, diese Katze scheint schwierig zu sein. Lisa hat mich nie gekratzt", erklärte Alan empört, während er den immer noch blutenden Kratzer mit einem Taschentuch abtupfte und ich mir krampfhaft das Lachen verkniff.

Die Mitarbeiterin des Tierheimbetriebes steckte den Kopf durch die Tür.

„Na? Wie sieht es aus?", erkundigte sie sich. Alan zeigte ihr anklagend und wortlos seine verletzte Hand.

„Ja, ich sehe schon, sie wollen Crazy keine Chance geben!"

„Nein, das wollen wir nicht. Vielleicht gibt es ja noch eine Katze, die weniger dick und selbstbewusst ist", erklärte ich energisch. „Crazy passt ganz bestimmt nicht zu uns, leider."

Die Dame zuckte die Schultern. „Sie können ja weiter schauen, vielleicht finden sie das richtige Tier für sich", mit dieser spitzen Bemerkung ließ sie uns allein.

So schlenderten wir den langen Gang entlang, schauten rechts und links in die mit Katzen bevölkerten Räume, bis Alan abrupt stehen blieb. Ich folgte seinem Blick und schaute in ein Paar große, hellgrüne Augen, die lustig aus einem schwarzen Fellknäul funkelten. Das Knäul entwirrte sich und vor uns stand ein kleines schwarzes Kätzchen, das uns mutwillig anblitzte. Anschließend hob das Tier die Pfote, leckte sie ab und fuhr sich anmutig über den komischen kleinen weißen Schnurrbart, der sich über dem rosigen Maul befand.

„Das ist sie", murmelte Alan fasziniert und betrat das Zimmer. Die kleine Katze schien ihn anzugrinsen, ließ sich sein Streicheln mit Wohlbehagen gefallen, schnurrte wie verrückt und zwinkerte mir zu.

„Ich weiß auch schon den passenden Namen", stellte Alan fest. „Diese Katze heißt Lilly."

„Und du bist ganz sicher, dass es sich nicht um einen Kater handelt", fragte ich sicherheitshalber.

„Niemals, wer sich mit solcher Begeisterung von mir streicheln lässt, der kann nur weiblich sein", womit Alan recht hatte.

Wir nahmen das Kätzchen, sehr zur Missbilligung der Tierheim Mitarbeiterin sofort mit.

So endete für uns die glückliche Zeit des ungestörten Schlafes.

***

Lilly gewöhnte sich problemlos an unseren Haushalt, sie kam sogar prima mit den Dackeln klar. Zwar hatten sie und Emma kein so inniges Verhältnis, wie es bei Lisa und Emma der Fall gewesen war, doch tolerierten sich die Tiere und gingen sich einfach aus dem Weg.

Eigentlich gab es nur eine Schwierigkeit: Lilly schloss sowohl Alan als auch mich uneingeschränkt ins Herz und bestand darauf jede Nacht in unserem Bett zu verbringen.

Alan hatte das, trotz meiner Bedenken, in der ersten Woche so hingenommen. Wenn Lilly ihn vermeidlich anlächelte, so schmolz er wie Butter in der Sonne, ließ sie auf seiner Seite des Bettes schlafen und kuscheln. Als die Kleine der Meinung war, nun meine Bettseite erobern zu müssen, beschloss ich, mich ein für alle Mal durchzusetzen.

Ich hob sie unzählige Male zurück zu Alan, redete ihr gut zu, boxte sie verzweifelt von der Bettkante, doch Lilly blieb hartnäckig. Jede Gegenwehr schien sie weiter anzuspornen. Ich warf sie rechts aus dem Bett und sie schlich sich von links wieder an. Ich schlief erschöpft von den Grabenkämpfen mit der Katze ein, um unvermittelt aufzuwachen und in ein grinsendes schwarzes Gesicht mit einem schiefen weißen Schnurrbart zu gucken.

In der zweiten Woche bestand ich darauf, das Tier vollkommen aus dem Schafzimmer auszusperren. Alan fügte sich murrend und setzte Lilly vor die Tür, um diese schnellstmöglich zu schließen. In den ersten Nächten herrschte eine himmlische Ruhe, die nur davon getrübt war, dass Lilly es immer schaffte, gegen Morgen doch noch ins Bett zu schlüpfen. Sie wartete einfach, bis einer von uns durch ein menschliches Bedürfnis dazu gezwungen wurde, das Bett und auch das Zimmer zu verlassen. Dann schlich sie sich erst einmal in den Raum und enterte, wenn alles wieder ruhig war und wir uns in Sicherheit wiegten, das Bett. Alan tolerierte das stillschweigend, doch sobald sie sich auf meine Bettseite schlich, warf ich sie kurzerhand aus dem Zimmer. Das behagte der Katze gar nicht und sie beschloss uns klar zu machen, wer in diesem Haushalt das Sagen hatte.

So begann der wirkliche nächtliche Terror:

Wie gewohnt verbannte Alan die Katze aus dem Schlafzimmer, doch anstatt auf ihre Chance zu warten, begann Lilly vor die Schlafzimmertür zu springen. Anscheinend versuchte sie die Klinke zu erreichen, um sich die Tür zu öffnen. Tatsächlich gelang ihr das nach einigem Üben ganz gut. Nach diesem gelungenen Kunststück stolzierte sie mit erhobenem Schwanz in das Zimmer und legte sich hoheitsvoll auf ‚ihr' Kissen. Wir beschlossen also die Tür abzuschließen, was zur Folge hatte, dass die Terroristenkatze in regelmäßigen Abständen vor die Tür sprang und so jegliche Nachtruhe verhinderte.

Wir sprachen uns Mut zu: „Wir müssen uns durchsetzen, deshalb dürfen wir nicht nachgeben und das aushalten!", sagte Alan männlich - markig.

„Eben, dieses dämliche Miststück kann

doch nicht machen was es will", fügte ich entschlossen hinzu.

„Krawumm, krr", rumpelte es gegen die Schlafzimmertür.

„Und wenn ich jetzt mal muss?", fragte ich nach einiger Zeit kleinlaut.

„Nix, das geht jetzt nicht. Nachher vielleicht, wenn die Katze es aufgegeben hat."

„Ach Alan", ich vergrub meinen Kopf verzweifelt in den Kissen, einerseits, weil ich wirklich dringend die Toilette aufsuchen musste, andererseits wusste ich intuitiv, dass unsere Niederlage vorprogrammiert war.

„Bong" wieder warf sich die Katze mit aller Gewalt gegen die Tür.

Irgendwann dämmerte ich ein und träumte mich in einen Horrorfilm:

Ich saß zitternd in der Ecke eines riesigen Raumschiffes und wusste genau, dass eine außerirdische Bedrohung auf mich zukam. Es rumpelte und knallte, das Alien tat alles, um die letzte Zuflucht von uns Überlebenden der Nostromo zu erobern. Es versucht mit aller Macht, sich Eintritt zu verschaffen.

Schlagartig war ich wieder wach.

„Mir reicht es!" ich ging zur Tür und öffnete sie weit. „Pass mal auf, du Terrorist, wenn du uns endlich in Ruhe schlafen lässt, dann ist mir alles egal."

Lilly schaute mich einen Augenblick prüfend an, stolzierte dann, wieder mit hoch erhobenem Schwanz, an mir vorbei und ich hätte wetten können, dass sie Alan triumphierend zuzwinkerte ...

***

Nachdem die Schlafplatz Angelegenheiten geklärt waren, fühlte sich Lilly richtig zu Hause und wir stellten fest, dass sie die schmuddeligste Katze der Welt war.

Lisa hatte Stunden damit verbracht, sich zu putzen und war damit immer sehr penibel gewesen. Sie hatte ihr Futter manierlich gefressen, niemals herum gekleckert, den Napf spiegelblank ausgeleckt.

Ganz anders gab sich Lilly. Sie konnte es gar nicht erwarten, bis ihr Napf gefüllt war und versuchte ständig den Kopf schon beim Befüllen hineinzustecken. So kam es öfter vor, dass ich ihr die Katzenmilch auf den Kopf, statt in den Napf schüttete, doch das störte sie überhaupt nicht. Gelang es, den Futternapf vernünftig zu füllen, so steckte sie spätestens jetzt das ganze Gesicht hinein, sodass sie dort regelmäßig Futterreste kleben hatte. Auch das störte sie wenig, sie putzte sich nur bei wirklich groben Verschmutzungen das Gesicht und den Kopf. Bei der Nahrungsaufnahme verteilte sie ihr Futter gleichmäßig um ihren Essplatz, der sich auf ihrem Katzenkorb befand. Wenn sie genug gefressen hatte, stupste sie ihren Napf einfach von seinem Platz. Er landete meist mit einem Poltern auf dem Fußboden. Das freute natürlich die Dackel, die verrückt nach Katzenfutter sind, ärgerte mich aber gewaltig.

Hygiene und Körperpflege schienen ihr unwichtig zu sein. Sie hinterließ ständig schmutzige Pfotenabdrücke, egal wohin sie lief. Erinnerte sie sich tatsächlich daran, dass sie eine Katze und somit ein reinliches Tier war, so legte sie sich mitten in ein Blumenbeet und putzte sich, was wenig Sinn machte, denn sie beschmierte sich ja gleichzeitig mit Erde. Nach solchen Aktionen verteilte sie nicht nur Schmutztapsen, sondern auch lose Erde im Haus, die sie auch gern heimlich auf meinem Tischtuch abschüttelte.

Meine Versuche sie zu waschen scheiterten kläglich, denn sie schien mindestens 6 Pfoten zusätzlich zu haben und entwischte mir nach einem kurzen Kampf regelmäßig.

***

Irgendwann resignierte ich, ließ sie vor sich hin schmuddeln und beseitigte die Reste ihrer Fressorgien ohne mich aufzuregen.

Einzig, was das Schlafen anbetraf, setzte ich mich letztendlich durch. Lilly schlief ausschließlich an Alans Seite des Bettes, hatte dort ein Extrakissen, was sie tatsächlich akzeptierte. Ich war in diesem Fall wohl ausnahmsweise hartnäckiger als sie.

Leider war das Zusammenleben mit diesem Samtpfötchen nur kurz. Lilly ist eines Tages einfach verschwunden, wobei wir glauben, dass ihr schreckliches Widerfahren ist.

Alan fand ihr verschmutztes und zerrissenes Halsband ein paar Tage nach ihrem Verschwinden.

Das Kätzchen ist nie wieder aufgetaucht.

Lucy

Eines Tages las mir Alan die Anzeige einer Tierarztpraxis vor. Hier wurden verzweifelt Katzeneltern gesucht. Scheinbar handelte es sich um ein ziemlich rabiates Tier, denn die Katze hatte ihre Halterin derart gebissen, dass diese das Tier sofort abgegeben hatte.

„Was meinst du? Sollen wir uns die Katze einmal anschauen? Sie ist einheinhalb Jahre alt und schildpattfarben", fragte Alan.

Ich runzelte verblüfft die Stirn. „Woher weißt du das denn? Hast du dich bereits erkundigt?"

Alan grinste spitzbübisch. „Ich habe nur mal gefragt. Wenn du einverstanden bist, so schauen wir uns das Tier heute Nachmittag an."

„Na ja," überlegte ich. „Dann solltest du

dir vielleicht ein Paar Arbeitshandschuhe mitnehmen, wenn die Katze aggressiv ist. Sicher sitzt sie im Käfig, faucht alles in ihrer Nähe an und bringt die ganze Praxis durcheinander."

Meine Befürchtungen erwiesen sich als völlig unberechtigt. Die Tierärztin führte uns in ihre Wohnung, die über den Praxisräumen lag, und dort fanden wir eine wunderschöne, völlig verschüchterte Katze vor.

„Das Tier ist sehr scheu und wagt sich kaum hinter dem Sofa hervor", erklärte die Tierärztin. „Lucy hat sich wohl nicht mit einer anderen Katze vertragen, die sich auch im Haushalt befand. Die Halterin hat mich angerufen, damit ich das Tier, das sie verletzt hatte, einfange. Als ich bei ihr eingetroffen bin, saß die Katze genauso ängstlich wie jetzt da. Trotzdem hat die Frau es abgelehnt, Lucy noch einmal in ihre Wohnung zu lassen. Ich würde sie ja behalten, habe aber selber eine Katze und einfach nicht die Zeit, mich intensiv um zwei Tiere zu kümmern."

Lucy eroberte uns mit einem Blick ihrer

goldgefleckten, ausdrucksvollen Augen und mit ihrer irgendwie vornehm, zurückhaltenden Art.

Sie gewöhnte sich relativ schnell an die Dackel, geht ihnen allerdings einfach aus dem Weg. Sie hat beschlossen im Keller zu wohnen, hat dort ihren Korb und das Futter, sitzt allerdings am Liebsten in einem der Regale von Alans Werkbank. Immer wenn es ihr zu unruhig im Haus wird, denn die Dackel können eine sensible Katze schon ziemlich nerven, zieht sie sich dort hin zurück. Ansonsten hat sie ein kleines Körbchen hinter unserem Sofa, dort verbringt sie die Abende mit uns.

Es ist unheimlich spannend, dem Tier zuzuschauen wie es die Welt für sich erobert, denn Lucy ist, bis sie zu uns kam eine reine Wohnungskatze gewesen. So tastet sie sich ganz langsam und vorsichtig vor und läuft bei jedem ungewohnten Geräusch schnell wieder ins Haus. In der letzten Zeit hat sie es sich angewöhnt, Blätter, die jetzt im Herbst vom Wind herumgewirbelt werden zu fangen und sie uns stolz zu präsentieren.

Do so sehr sich unsere Katzen vom Charakter her unterschieden haben, eines haben alle drei gemeinsam:
Sie schlafen in Alans Bett, wobei Lucy wartet, bis im Schlafzimmer alles im Tiefschlaf liegt und sich dann vorsichtig ans Fußende schleicht. Sie ist eben etwas vornehm und will nicht nerven.

Inzwischen ist auch Tobias ausgezogen. Irgendwie sind die Tiere zu einer Art Kindersatz für uns geworden. Die Dackel und unsere Katze nerven manchmal furchtbar, machen meist mehr Dreck als zwei muntere Knaben und sind immer irgendwie im Weg. Zudem sind alle drei furchtbar unerzogen, scheinbar haben wir mit der Erziehung alles falsch gemacht.
Doch ich möchte unseren Kleintierzoo für kein Geld der Welt eintauschen.

Ende

Noch nicht ganz - einen habe ich noch

Dackelalarm

„Ihre Hunde haben stundenlang gebellt! Lassen sie sich etwas einfallen, sonst ..." Das Wort schwebte bedrohlich im Raum.

Die neue Nachbarin in stand vor der Tür und sah mich anklagend an. Ich hatte versucht sie hereinzubitten, doch das wollte sie auf keinen Fall.

„Nein, wirklich nicht, ich muss auch gleich weg", hatte sie gestammelt und war eisern auf der Türschwelle stehen geblieben.

Ich musterte sie einigermaßen hilflos. Welch ein Unterschied zu der netten, adretten und vor allem tierlieben Frau, die bisher neben uns gewohnt hatte. Dies hier war eine eher unauffällige Person, mit strähnigem, stumpfem Haar und einem immer griesgrämigen Gesichtsausdruck. Die Mundwinkel zogen sich selbst beim Versuch eines Lächelns nach unten. Um die Augen hatte sie jede Menge Falten, die sicherlich keine netten Lachfältchen waren.

„Das tut mir wirklich leid! Gestern war eine echte Ausnahmesituation, unser Sohn hat geheiratet. Leier ist unser Hundesitter kurzfristig krank geworden, hat aber trotzdem nach den Tieren gesehen. Sonst sind wir eigentlich immer zu Hause und dann bellen die Hunde doch gar nicht."

Jetzt erwartete ich eigentlich Verständnis und ein griesgrämiges Lächeln, doch davon war keine Spur zu sehen.

„Sie müssen sich wirklich etwas einfallen lassen, so geht das nicht, sonst ..."

Wieder diese unheimliche Wortbedrohung. Mir platzte, trotz aller Bemühung und Gelassenheit, der Kragen.

„Was schlagen sie vor? Sollten wir die Hunde erschießen? Dann stören sie unter Garantie nicht mehr!"

Die Nachbarin schien einen Augenblick zu überlegen, mir wurde Angst und Bange; wohlmöglich hatte sie gute Kontakte zum Bund Deutscher Jäger.

„Das wäre eine Möglichkeit", sagte sie langsam. „Aber sie können die Hunde auch irgendwo einsperren, dann stören sie nicht mehr."

Sie drehte sich auf dem Absatz um und

verließ mit kerzengeradem Rücken das Grundstück. Ich zuckte hilflos die Schultern, diese Person wollte einfach Stress machen und unsere, zugegeben, manchmal etwas lauten, Rauhaardackel kamen ihr gerade Recht. Sie selbst lebte allein, bekam so gut wie nie Besuch und schien auch die Wochenenden immer allein zu verbringen.

„Oh - ha", meldete sich meine bessere Hälfte zu Wort. „Selbst wenn man mich an dieser Person festschweißen würde, täte ich alles um mich wieder loszurosten!"

„Deinen Humor möchte ich haben! Wir müssen uns etwas überlegen um die Frau zu beruhigen, sonst gibt es nachher einen richtig bösen Nachbarschaftsstreit!"

„Ich habe mich mit dem Problem auseinandergesetzt und bin fündig geworden!"

Meine bessere Hälfte hielt mir ein Halsband unter die Nase, an dem ein weißes Kästchen hing. ‚Anti - Bark' stand in großen roten Lettern darauf. „Das ist ein Halsband, das Hunde vom

Bellen abhält. Du betätigst diesen Knopf", er deutete auf einen kleinen ebenfalls roten Schalter am Kästchen. „Wenn der Hund anfängt zu bellen, gibt es einen Ton, den er nicht ertragen kann. Schwups - schon hört er auf zu bellen."

Ich drehte das Wunderhalsband skeptisch hin und her. „Ich weiß nicht? Meinst du das funktioniert?"

„Ja klar, das ist das Neueste auf dem Markt. Immer wenn wir nicht zu Hause sind, bekommen die Dackel das Halsband um, und die Hippe von nebenan gibt endlich Ruhe."

Mittags, ein paar Tage später: Ich kam von der Arbeit, freute mich auf eine Tasse Kaffee und einen Augenblick der Ruhe. Schon aus einiger Entfernung hörte ich lautes Hundegebell.

‚Bitte lass es nicht die Dackel sein', sandte ich ein Stoßgebet zum Himmel. Vor unserem Haus parkte das Postauto, der Briefträger machte sich am Postkasten zu schaffen und die Dackel klebten an der Scheibe der Haustür. Sie waren eifrig damit beschäftigt, den Eindringling allein durch die Kraft ihrer Stimmen zu vertreiben. Die Wunderhalsbänder baumelten an ihren Nacken und quietschten zum Gotterbarmen. Doch ließen sich die Wächter des Hauses davon nicht beeindrucken, im Gegenteil schien sie das Geräusch dazu anzufeuern noch lauter zu bellen. Erst als der dreiste Eindringling vertrieben war, der Postbote also alle Briefe eingeworfen hatte, beruhigten sie sich widerwillig. Resigniert nahm ich ihnen die Halsbänder ab und entsorgte sie in der Mülltonne.

„Ich habe einen Geheimtipp für dich, der funktioniert immer!"
Ich hatte meiner Arbeitskollegin mein Leid geklagt. Sie hatte mir mitfühlend zugehört, anschließend mit mir zusammen über die gemeine Nachbarin geschimpft und wusste nun, wie ich das Problem beseitigen konnte.
„Du machst immer, wenn du aus dem Haus gehst, das Radio an. Das mache ich bei unserem Hund auch so und was soll ich dir sagen, wenn ich nach Hause komme, schläft das Tier immer. Übri-

gens hat sich noch kein Nachbar beschwert, dass der Hund zu laut ist."

„Na ja, ihr habt auch ein freistehendes Einfamilienhaus", gab ich zu bedenken, beschloss aber den Tipp zu beherzigen. Vielleicht hatte das Radio auch auf meine Dackel eine einschläfernde Wirkung.

Am Nachmittag hatte ich einen Arzttermin. Bevor ich dazu aufbrach, zappte ich, in der Hoffnung einen netten Tierfilm zu erwischen, kurz durch alle Fernsehkanäle, doch leider wurde im Nachmittagsprogramm weder ‚Lassie' noch ‚Flipper' gezeigt, die gute alte Kinderstunde schien out zu sein. So stellte ich das Radio an und wählte einen Sender, der in der Hauptsache klassische Musik im Programm hatte. Ich hoffte, dass die Klänge eine beruhigende Wirkung auf die Dackelgang haben würden.

Wieder zu Hause angekommen stellte ich zu meiner Verblüffung fest, dass die Tiere tatsächlich ruhig in ihren Körbchen lagen und erst bei meinem Anblick ein ganz klein wenig ausrasteten. Das Problem schien sich mithilfe des Klassiksenders erledigt zu haben.

Am nächsten Morgen öffnete ich beschwingt den Briefkasten. Ein Zettel fiel mir entgegen:

„Hallo, ihre Hunde haben gestern wieder stundenlang gebellt! Bitte stellen sie das ab, denn es ist sehr störend!"

‚Wenigstens hat sie nicht wieder mit dem Wörtchen sonst gedroht', ging es mir durch den Sinn. Stundenlang, das war sowieso die Übertreibung schlechthin, mein Termin hatte höchstens zwei Stunden gedauert. Trotzdem beschloss ich, den Zettel einfach nicht zur Kenntnis zu nehmen und Madame Griesgram weiterhin freundlich zu grüßen.

Meine bessere Hälfte quittierte das Scheitern der Mission klassische Musik mit einem süffisanten Lächeln.

„Vielleicht solltest du es wirklich mal mit einem Tierfilm versuchen, ‚Heimweh' wäre nicht schlecht, das ist der erste Lassie Spielfilm, der ist allerdings in schwarz/weiß, aber Hunde können ja sowieso nicht farbig gucken."

„Mach du dich nur lustig. Wenn die Nachbarin sich das nächste Mal beschwert, dann schicke ich sie zu dir."

„Ich wollte noch schnell den Rasen mähen", der so Gescholtene wandte sich geschäftig ab. „Bloß nicht", hörte ich ihn murmeln.

In der Folgezeit bemühte ich mich, die Dackel so wenig wie möglich allein zu lassen. Wo immer ich hinging, die beiden begleiteten mich. Termine, zu denen ich die Zwei nicht mitnehmen konnte, absolvierte ich in Windeseile, um anschließend mit einem flauen Gefühl im Magen in den Briefkasten zu schauen.

Doch man hielt sich bemerkenswerterweise zurück, grüßte mit einem knappen Kopfnicken und nahm mich ansonsten nicht zur Kenntnis. Das war mir nur recht, denn auf längere Unterhaltungen legte ich weiß Gott keinen Wert.

Dann, nach einiger Zeit geschah das Wunder: Ich hatte es mir auf der Terrasse bequem gemacht, eine dampfende Tasse Kaffee neben mir, die neueste Gartenzeitschrift auf dem Schoß. Die Dackel tummelten sich, wie immer, in den Rabatten, versuchten gemeinschaftlich die frisch eingepflanzten Tulpenzwiebeln auszubuddeln und so den Garten in eine Kraterlandschaft zu verwandeln. Ich erhob mich halb, um dem unseligen Treiben ein Ende zu setzen, da erscholl aus dem Nachbargarten Hundegebell!

Verblüfft plumpste ich wieder auf den Allerwertesten und schüttelte erst einmal den Kopf. Bestimmt hatte ich mich verhört, doch da kläffte es schon wieder. Die Dackel stürmten zum Gartenzaun und antwortete zweistimmig, was den mysteriösen Beller dazu veranlasste, seine Stimmbänder erst recht zu strapazieren.

Nebenan öffnete sich die Terrassentür.

„Aus, still!"

Doch die Besänftigungsversuche störten den Hund nicht, er kläffte munter weiter.

„AUS! Wirst du wohl still sein!" Die Nachbarin versuchte das Gebell zu überschreien, was ihr nur bedingt gelang.

Zu meinem Erstaunen hörte ich jetzt eine männliche Stimme.

„Aber Prümmelchen, lass dem Kleinen doch seinen Spaß! So ein bisschen Hundegebell kann dich doch wohl nicht stören!"

Prümmelchen? Ich lehnte mich vergnügt zurück, nippte an meiner Kaffeetasse und genoss das dreistimmige Konzert in vollen Zügen.

Am Ende eines Buches dankt der Autor für gewöhnlich allen möglichen Leuten, die ihn unterstützt haben.
Nun ich möchte mich auch bedanken:

Murphy, Emma, Lisa, Lilly, Lucy - ohne euch und eure verrückten Streiche hätte es dieses Buch nie gegeben.
Danke, dass es euch gibt und gegeben hat.
Meine Dackeldame Jeany hat einen ganz besonderen Platz in meinem Herzen. Sie ist und bleibt unvergessen.

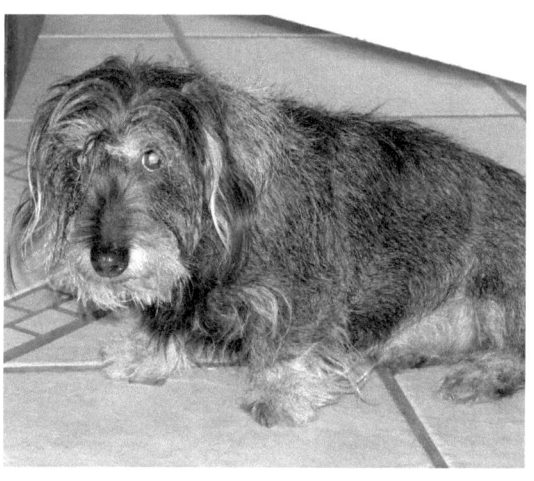

Angie Pfeiffer

Angie Pfeiffer, 1955 in Gelsenkirchen geboren, ist zum zweiten Mal verheiratet und lebt heute mit ihrem Mann im Münsterland.
Sie schreibt Unterhaltungsliteratur in Form von Romanen und Kurzgeschichten für Erwachsene sowie Kinderbücher.
Sie hat bisher 9 Romane, 15 eBooks und zahlreiche Kurzgeschichten in Anthologien, Literaturzeitschriften und der Tagespresse veröffentlicht.

Home: angie-pfeiffer.com

Romane:

Ruhrpott Adel
Kindheit und Jugend im Herzen des Ruhrgebiets

Ruhrpottliebe
Leben und lieben zwischen Emscher und Rhei-Herne-Kanal

Ruhrpottherzen
ein Roman über Macker und Tussis, Döppken und Blagen, Hallas und Halligalli, Fissematenten, Sperenzkesund ein ganz schönes Schlamassel.

Ruhrpottabschied
Männersuche per Internet

Liebesbriefe
Briefe für ganz besondere Menschen

@Mail Verkehr
Eine humorvolle Liebesgeschichte in E-Mail Form

Dackel Murphys Abenteuer
Geschichten für große und kleine Tierfreunde